Zu diesem Buch

John Updike, geboren am 18. März 1932 in Shillington/Pennsylvania, trat nach einem Studium in Harvard und an der Ruskin School of Drawing and Fine Arts in Oxford 1955 für zwei Jahre in den Redaktionsstab des «New Yorker» ein. Die Erzählungen und Essays, die er dort veröffentlichte, begründeten seinen literarischen Ruhm. John Updike lebt in Beverly Farms bei Boston.

Von John Updike erschienen außerdem in der Reihe der rororo-Taschenbücher bzw. im Rowohlt Verlag: «Das Fest am Abend» (Nr. 1625), «Hasenherz» (Nr. 5398), «Der Zentaur» (dt. 1966), «Ehepaare» (Nr. 1488), «Unter dem Astronautenmond» (Nr. 4151), «Der Sonntagsmonat» (Nr. 4676), «Der Coup» (Nr. 5667), «Heirate mich!» (Nr. 4982), «Bessere Verhältnisse» (Nr. 12391; u.a. mit dem Pulitzerpreis ausgezeichnet), «Die Hexen von Eastwick» (Nr. 12366; verfilmt mit Jack Nicholson und Cher), «Das Gottesprogramm» (dt. 1988) und «S.» (dt. 1989); die Bände mit Erzählungen «Werben um die eigene Frau. Gesammelte Erzählungen» (dt. 1983), «Der weite Weg zu zweit» (Nr. 5777), «Der verwaiste Swimmingpool» (dt. 1987; der Titelbeitrag erschien zusammen mit der Erzählung «Wie man Amerika gleichzeitig liebt und haßt» auch in der Reihe «Literatur für Kopf Hörer», gelesen von Christian Brückner) und «Henry Bech» (Nr. 5448); der Essayband «Amerikaner und andere Menschen» (Nr. 5820) sowie die «Gedichte» (dt. 1986).

John Updike

Auf der Farm

Roman

Aus dem Amerikanischen
von Fritz Lorch

rororo

Rowohlt

Die amerikanische Orginalausgabe
erschien 1965 unter dem Titel «Of the farm»
bei Alfred A. Knopf, Inc., New York
Umschlaggestaltung Hans Hillmann

Veröffentlicht im Rowohlt Taschenbuch Verlag GmbH,
Reinbek bei Hamburg, Oktober 1989

Gesetzt aus der Garamond (Linotron 202)
Gesamtherstellung Clausen & Bosse, Leck
Printed in Germany
780-ISBN 3 499 12570 6

Folglich,
wenn ich als authentisch eingesehen habe,
daß der Mensch ein Seiendes ist,
bei dem Existenz den Vorrang vor Essenz hat,
daß er ein freies Seiendes ist,
welches unter mannigfachen Umständen
allein seine Freiheit zu wollen vermag,
dann habe ich gleichzeitig auch eingesehen,
daß ich allein die Freiheit anderer zu wollen vermag.

Sartre

Wir bogen von der Autobahn auf eine Schotterstraße und von dieser dann auf einen rötlichen Fahrweg ab. Der führte uns eine steile, kleine Anhöhe hinan, und von dort, von ihrem waagerechten Grat aus, wo Schoelkopfs verwitterter Briefkasten – sein zugeklappter Deckel ähnelte einem schiefsitzenden Hut – knietief in Geißblatt und Giftsumach stand, sah meine Frau erstmals die Farm. Furchtsam beugte sie sich auf dem Sitz neben mir vor, und der Ellbogen ihres Sohnes stieß von hinten kräftig gegen meine Schulter. Die vertrauten Gebäude erwarteten uns auf dem Hang gegenüber, jenseits der grünen Wiesensenke. «Das ist unsere Scheune», sagte ich. «Meine Mutter hat zuletzt noch den Dachvorsprung für Heu niederreißen lassen. Sie fand ihn immer häßlich. Das Haus liegt dahinter. Die Wiese gehört uns. Das Land des Nachbarn endet an dieser Sumachhecke.» Wir rumpelten den abschüssigen, bis auf das Steingerippe ausgewaschenen Weg hinunter, der uns auf unser Land brachte.

«Gehört das Land zu beiden Seiten des Weges euch?» fragte Richard. Er war elf Jahre alt und in seiner Redeweise ziemlich genau und aggressiv.

«Oh, gewiß», sagte ich. «Ursprünglich gehörte auch Schoelkopfs Farm zu der unseren; aber mein Großvater hat sie verkauft, ehe er nach Olinger zog. An die vierzig Morgen.»

«Und wie viele habt ihr jetzt noch?»

«Achtzig. So weit du nun sehen kannst, gehört alles zur Farm. Es ist vermutlich das größte unbebaute Grundstück, das in der Umgebung von Alton übriggeblieben ist.»

«Ihr habt kein Vieh», sagte Richard. Obwohl ich ihm erklärt hatte, es gebe keines bei uns, war sein Ton vorwurfsvoll.

«Nur eben ein paar Hunde», sagte ich, «und einen Stall voll Schwalben und eine Menge Waldmurmeltiere. Meine Mutter hielt sich Hühner, ehe mein Vater starb.»

«Was für einen Sinn hat eine Bauernwirtschaft, die niemand bewirtschaftet?» fragte Richard.

«Das frag meine Mutter.» Er verstummte für einen Augenblick, als hätte ich ihn zurechtgewiesen – das war aber gar nicht meine Absicht gewesen. So fügte ich hinzu: «Ich habe das auch nie verstanden. Ich war so alt wie du, als wir hierher zogen. Nein, ich war älter. Ich war vierzehn. Ich habe mich stets jünger gefühlt, als ich den Jahren nach war.»

Daraufhin fragte er: «Und wem gehört der Wald hier?»

Er kannte, wie ich wußte, meine Antwort im voraus und wollte, daß ich sie mit Stolz gäbe.

«Uns», sagte ich. «Mit Ausnahme eines Nutzungsrechtes, das wir vor zwanzig Jahren an das Elektrizitätswerk abgetreten haben. Sie holzten alles ab und machten nie Gebrauch davon. Dort drüben – du siehst noch den Streifen jüngerer Bäume. Alles ist wieder nachgewachsen. Sie haben Eichen abgeholzt, und Ahorn und Sassafras kam nach.»

«Was hat ein Nutzungsrecht für einen Sinn», fragte er, «das niemand nutzt?» Er lachte verlegen, und ich war gerührt, denn er machte sich über sich selber lustig, versuchte gar, meine Redeweise nachzuahmen und die altkluge Feierlichkeit abzulegen, die seine vaterlosen Jahre ihm aufgeprägt hatten.

«So geht es hier zu», sagte ich. «Schlampig. Sei froh, daß du in New York lebst, wo der Raum knapp ist.»

Peggy ergriff das Wort. «Es sieht wirklich ein bißchen kunterbunt hier aus», sagte sie angesichts der neben uns hinfließenden Farm und strich sich das Haar aus Stirn und Wange – eine Geste, deren sie sich stets bediente, wenn eine ihrer Bemerkungen geeignet war, auf Widerspruch zu stoßen, so wie ein Mann sich die Ärmel hochkrempelt.

In der Tat: Jedesmal wenn ich, gleichgültig nach wie langer

Zeit, zu unserem Land heimkehrte, war es mir, als setzten diese Felder eine Art von Prahlerei in mir frei. Meine Frau spürte das, und sie war erst seit so kurzem meine Frau, daß sie es zu korrigieren für angebracht hielt. Dieser in ihr lebendige Trieb des Korrigierens war mir teuer (meine erste Frau, Joan, hatte nie Kritik an mir geübt, was in sich selbst eine tödliche Kritik zu sein schien), aber mir graute vor seiner Wirkung auf meine Mutter. Joan in ihrer Unschuld hatte einmal sanft angedeutet, meine Mutter brauche eine Waschmaschine. Ihr war nie verziehen worden. Mein Instinkt ließ mich nun, in den wenigen Augenblicken, die uns blieben, ehe wir es mit meiner Mutter selbst zu tun haben würden, laut von ihr reden, wie um auszuschalten, was später ungesagt bleiben mußte.

«Richard», begann ich, «es *gibt* aber einen Traktor mit einem Rotationsmäher zum Heuen. Eine Vorschrift in Pennsylvanien verlangt, daß, wer eine Ödschaft besitzt, sommers zweimal mähen muß.»

«Was ist Ödschaft?»

«Weiß ich nicht genau. Farmen, die nicht bewirtschaftet werden.» – «Wer fährt den Traktor?»

«Meine Mutter.»

«Sie wird sich damit noch den Tod holen», meinte Peggy mit Schärfe.

«Das weiß sie», erwiderte ich mit ebensolcher Schärfe. Richard fragte: «Kann ich ihn fahren?»

«Ich denke: nein. Die Kinder hier in der Gegend fahren zwar Traktor, aber sie werden –» ich verwarf das Wort ‹zerhackt›; ein Altersgenosse von mir hatte sich dabei das Becken gebrochen, und ich mußte an sein merkwürdig schlenkerndes Gehumpel denken – «sie verletzen sich bisweilen.»

Ich rechnete damit, daß er nicht nachgeben werde, aber er wurde abgelenkt. «Was ist *das*?» Die rötliche Ruine in dem erdrückenden Grün flog an uns vorüber.

«Das ist das Fundament des alten Tabakschuppens.»

«Man könnte ihn überdachen und eine Garage daraus machen.»

«Der Schuppen brannte vor vierzig Jahren nieder, als jemand anderes die Farm in Besitz hatte.»

Peggy sagte: «In der Zeit bevor deine Mutter sie zurückkaufte?»

«Stell es nicht so hin. Sie meint jetzt, auch mein Vater habe sie zurückkaufen wollen.»

«Joey, ich habe Angst!»

Ihr Ausruf kam in eben dem Augenblick, als ich um die unübersichtliche, ansteigende Kurve steuerte, die um die Scheune führte. Wäre ein anderer Wagen achtlos den Weg heruntergebraust, ich hätte ihn zu spät erblickt, und ein Zusammenprall wäre unvermeidlich gewesen. Aber in den Tausenden von Fällen, da ich diese Kurve genommen hatte, war dies nie geschehen, wiewohl die jungen Dorflümmel in ihren alten Kutschen gern über unser Wegstück flitzten, um die Hunde zu ärgern und meine Mutter zu erbosen. Nachts durchstreiften sie bisweilen die Felder in irgendwo aufgegriffenen Lastwagen und strahlten das Wild mit ihren Scheinwerfern an. Ich zog den Wagen glücklich um die Scheune herum, parkte ihn auf der vor lauter Unbenütztheit grasüberwucherten Rampe und sagte zu Peggy: «Hab keine Angst. Ich erwarte gar nicht, daß du dich mit ihr verträgst. Ich hatte gedacht, sie werde sich mit Joan vertragen, aber sie tat es nicht.»

«Und sie hat noch weniger Grund, sich mit mir anzufreunden.»

«Glaub das nicht. Sei einfach du selbst. Ich liebe dich.»

Aber diese Erklärung wurde hastig abgegeben, begleitet von einem ungeschickten Klaps auf ihren Schenkel, denn schon hatte sich die Gestalt meiner Mutter, ein kompakter Flecken Düsternis, vom Haus gelöst und bewegte sich durch den bläulichen Schatten der Hemlocktanne, die am Weg stand. Dies war der Baum, der den Abend früh ins Haus brachte. So manches Mal, wenn ich als Junge um diese Zeit aus dem Fenster geschaut und gedacht hatte, die Nacht sei hereingebrochen, war ich überrascht gewesen, auf der oberen Scheunenwand noch das Sonnenlicht gleich rohem Erz gelagert zu sehen. Mit schuldbewußter Eile öffnete ich den Wagenschlag, winkte meiner Mutter und rief: «Hallo!»

«Pilgersleute!» rief sie zurück mit einer leisen Ironie, die kaum hörbar war in der sonderbaren akustischen Leere, die das Verstummen des Motors erzeugte, während unser Citroën zischend durch seine Luftkissen sackte.

Die Langsamkeit, mit der sie den Weg herabkam, erschreckte mich. Ich hatte erlebt, wie sie, wenn es regnete, meinem Vater im Lauf von der Scheune zum Haus hinter sich gelassen hatte. Sie litt an Angina pectoris und, obschon sie nie geraucht hatte, an einem Emphysem. Die große Anstrengung ihres Lebens hatte dem Kauf dieser Farm und unserer Übersiedlung dorthin gegolten; aber ihre Lunge, so hatte der Arzt ihr versichert, war die einer unverbesserlichen Stadtpflanze. Um sich gegen die Feuchtigkeit des Augustabends zu schützen, trug sie einen Männersweater, den grau-gerippten und vorne zugeknöpften Sweater meines Großvaters, über einer alten rosa Bluse, die ich mit Ostertagen meiner Kindheit in Verbindung brachte. Der junge Collie, der einzige Hund, der nicht im Zwinger war, rannte auf uns zu, bellend und bedrohlich, blieb kurz vor dem Fischgesicht des Citroën stehen und jagte dann wieder zu meiner Mutter zurück. Er widersetzte sich schnappend der zermürbenden Langsamkeit ihres Ganges; das Weiß seiner Kehle und Schwanzspitze flitzte im Dunkel des Rasens dahin. Der Rasen war von hohem Wegerich durchsetzt und hatte das Schneiden bitter nötig.

Während Richard und ich die Koffer aus dem Wagen holten, eilte Peggy nervös zum Haus hinauf, um meiner Mutter auf halbem Weg entgegenzukommen. Ich fürchte, sie verdroß sie nur durch diese unbewußte Schaustellung quicker Gesundheit. Die gleichmäßigen Abstände der sandsteinernen Wegplatten unter ihren hohen Absätzen ließen sie unsicher erscheinen. Mich dünkte, ich sähe sie gleichzeitig mit den Augen meiner Mutter als eine große, geschminkte Frau, die auf mich zustolperte, und mit meinen eigenen, von hinten, als ein sich entfernender weißer Rock, dessen schimmernde Ausdehnung das

Zentrum, der Sitz meines Lebens war. Meine Frau ist breit, ohne fett zu sein, hat fallende, schwingende Schultern und eine Beckenweite, die mir immer wie ein Strahlenkreuz vorkommt und die ihrem Schritt eine herzerfrischende Offenheit gibt, den Raum zwischen ihren Schenkeln ahnen läßt.

Die beiden Frauen küßten einander. Es war schon einmal zu einer Begegnung zwischen ihnen gekommen: bei der Trauung, an der *nicht* teilzunehmen ich meine Mutter gebeten hatte. Die Trauung war eine Woche, nachdem die Scheidung von Joan ausgesprochen worden war, in der Privatkanzlei eines Bezirksrichters vorgenommen worden, dessen Sohn ich kannte. Das Gebäude war ein Überbleibsel aus vergangener Zeit, mit eingegitterten Fahrstühlen und Gängen, die mit braunem Linoleum ausgelegt waren und von Kanzleitüren gesäumt wurden, deren matte Glasscheiben an eine Reihe von Toilettenräumen erinnerten. Es war im Juni gewesen und heiß. Die Fenster waren nach altmodischer Art aufgestoßen; der Lärm des East River drang herauf. Das richterliche Heiligtum, eine Amtsstube von anno dazumal, war geräumig, und sein Mobiliar, das eine Holzbank einschloß, auf der meine Mutter Platz genommen hatte, wirkte spärlich und verloren, als wären diese leblosen Zeugen einer vergangenen Gerichtsepoche gleich uns Menschen dem verwirrenden Dezimierungsprozeß der Sterblichkeit unterworfen gewesen. Ohne Unterlaß faltete, entfaltete und glättete meine Mutter auf ihrem Schoß ein winziges Leinentaschentuch, das sie dann und wann, als wäre sie gestochen worden, blitzartig an ihren Hals drückte. Ich hatte gemeint, sie sei bei dieser Zeremonie hoffnungslos fehl am Platze; aber das waren wir alle: der nahezu halbwüchsige Sohn meiner Braut; das steife Paar aus der Park Avenue (die nach außen schielende Frau war Peggys Brautjungfer); der sommersprossige Ex-Olympia-Skiläufer, ein ehemaliger Liebhaber Joans und mein Berufskollege, der mangels eines besseren der Brautführer war; Peggys Vater, ein Witwer mit krebsrotem Gesicht, der einem Warenhaus in Omaha vorstand; und – gänzlich unerwartet – der an Hyperthyreose leidende Neffe meiner ersten Frau, Student am Theologischen Seminar und Abgeordneter gewissermaßen von Joan und meinen Kindern, die mit Joans Eltern in einem Refugium an einem der kanadischen Seen weilten. In dieser gespensterhaften Versammlung fiel meine Mutter nicht aus dem Rahmen. Der Richter, ein gütiger alter Albino in einem Leinenanzug, benahm sich reizend zu ihr. Er setzte sie, als gelte es, ein umfangreiches Memorandum abzulegen, mit knorrigen Händen, die er krummfingrig in der Art von Arbeitern hielt, behutsam auf die Bank. Dort betupfte sie sich und keuchte in raschen, schwachen Stößen wie ein ausruhender Hund. Ihr Kommen (per Bus, mit einer Stunde Aufenthalt in Philadelphia), gegen das ich mich gesträubt hatte, erschien nun als eine übermäßige Anstrengung mir zuliebe, und im stillen dankte ich ihr dafür. Ihrer Gegenwart war ich mir sogar noch auf dem Höhepunkt der Zeremonie bewußt, als ich aus dem Augenwinkel Peggys energisches Kinn sich röten und den dunklen Stern ihrer Wimpern zucken sah, während sich ihr Profil dem zitternden Veilchenstrauß zuneigte, den sie sich an die Brust gesteckt hatte. Sie hatte gelesen, die Blumen einer Braut, die schon einmal verheiratet war, dürften nicht weiß sein, und hatte während des ganzen Vormittags in der Stadt nach Veilchen herumtelefoniert – nach Veilchen im Juni. Sie, meine Braut, kam mir damals trotz all der spröden Jugendlichkeit ihres Profils wie eine Alternde vor – wir beide, dünkte mich, standen in der verletzlichen Pose des Anfangs am Rande eines großen Mittelstücks, neben einem Fluß, der größer war als seine Ufer. So, wie ich ihn durch das aufgestoßene Fenster hinter der talarumhüllten Schulter des Richters sah, trug der Fluß, der von unserer Höhe aus gekrümmt wirkte, einen gemächlichen Verkehrsstrom von winzigen Kähnen dahin und sandte, aufsteigend durch den steilen Nachmittag, in dem Brooklyn zu einer glitzernden, mit Wippkränen bestickten Vision wurde, eine Brise in dieses Zimmer, die einiges Papier auf dem unbeteiligten richterlichen Eichentisch aufflattern ließ. Eine einzige Fliege kreiste um die verknotete Lampenschnur. Dann wurden die Schwüre geleistet, und ich hatte das Gefühl, ich stürze, sänke endlich hinab in die schroffe Tiefe einer allzu lange, allzu schmerzlich vor ihrer Vollendung aufgehaltenen Tat. Als ich mich umwandte, um Gratulationen entgegenzunehmen, Küsse zu wechseln mit den wenigen, die mit mir zu diesen Höhen hinaufgeklettert waren, entdeckte ich zu meiner Verwirrung, daß der Blick meiner Mutter zornig entrückt und ihre Wange ungeachtet der Hitze des Tages kühl war.

Nun, da ich sie in der kühlen Abendluft küßte, fühlte sich ihr Gesicht fiebrig an. Der Herbst, der im Innern des Landes früher beginnt, kündigte sich weniger durch den Duft herabgefallener Früchte als durch eine lavendelfarbene Tönung der Abenddämmerung an, eine Ahnung des Erlöschens. Über der Wiese schwebte ein Nebelstreif, dort wo ein kleines Rinnsal, kaum ein Bach zu nennen, fast erdrückt von Kraut und Brunnenkresse, atmend dahingluckste. Eine Fledermaus huschte wie ein Schmerzensfleck hierhin und dorthin im gallertigen Lila zwischen den Baumwipfeln. Meine Mutter hatte Peggy flüchtig berührt und ließ dann wie zum Kontrast ihre Hände lange auf mir ruhen, die eine auf dem Unterarm, die andere auf der Schulter. «Wie müde bist du?» fragte sie. Sie meinte, ich sähe müde aus.

«Überhaupt nicht», sagte ich. «Wir sind vor der Flutzeit des Verkehrs über die Brücke gekommen und haben in New Jersey einen Hamburger gegessen.»

«Oh, das sollte nicht heißen», sagte meine Mutter und wandte sich allzu beflissen um, «daß *Peggy* müde aussehe. Ich habe Peggy nie anders als munter erlebt.» Ihre Stimme schien in ihrem Körper zu entstehen: mehr in ihrer Kehle, ihrem Mund, als in ihrer Lunge, und sie wirkte – so abgeschnitten von den Tiefen ihrer Person – hauchhafter und wendiger denn je. Etwas Spöttisches lag in dieser Wendigkeit und in der Art, die Schultern vorzuschieben, wie um sich Luft zu verschaffen – eine kleine Komödie, die uns vielleicht von ihrem wirklichen Zustand ablenken sollte.

Peggys munterer Ausdruck schwand; dann grinste sie mutig und sagte: «Nur Fassade.»

«Aber eine reizende», sagte meine Mutter.

Ich nahm Peggys Arm, doch sie trat zur Seite, um Richard, der hinter uns herangekommen war, Platz zu machen. Ich hatte ihn vergessen. Er hatte darauf bestanden, den schwereren Koffer mit den Kleidern seiner Mutter zu tragen. Er schob ihn nun in die linke Hand und streckte meiner Mutter die rechte hin. «Sie haben eine hübsche Farm hier, Mrs. Robinson», sagte er. Für kurze Äußerungen vermochte er seiner Stimme eine eindrucksvolle Tiefe zu geben.

«Nun, vielen Dank, gütiger Herr», sagte meine Mutter. «Du hast noch kaum etwas davon gesehen. Ich hoffte, deine Eltern würden so zeitig kommen, daß man noch bei Tageslicht einen Spaziergang machen könnte.»

«Den können wir morgen machen», sagte Peggy. «Darauf freue ich mich schon.»

«Ich muß mähen», sagte ich und überlegte, ob es der unpräzise Gebrauch des Wortes ‹Eltern› war, der mich hatte zusammenfahren lassen.

Sie sagte: «Armer Joey. So gewissenhaft.»

«Mir gefällt, was ich hier gesehen habe», versicherte Richard ihr. Seine Stimme verlor das Angestrengte und fiel wieder in eine kindliche Tonlage zurück. «Wir kamen an einem alten Hausfundament vorüber, aus dem Sie sehr leicht eine Garage für zwei Wagen machen könnten.»

«Der alte Tabakschuppen», erklärte ich. «Ich dachte immer, das solle die Profi-Bude werden, wenn wir aus der Farm einen Golfplatz machen.» Der Golfplatz war ein Familienwitz, der zu Lebzeiten meines Vaters geprägt worden war und dessen eigentliche Bedeutung ich nie begriffen hatte; doch ich flocht ihn hier ein als Schirm für die Unschuld meines Stiefsohnes.

Meine Mutter prüfte ihn, heuchelte Entsetzen und rief: «Aber da wachsen doch die schönsten Brombeeren!»

Wir lachten alle aus Dankbarkeit dafür, daß sie, wenn auch nur für Augenblicke, die Düsternis zerstreut hatte, die mit ihrer geschwächten Gesundheit über sie gekommen war. Ihr Geist hatte eine beunruhigende Resonanz angenommen, eine schwermütige Ironie, die im Freien nur noch bedrückender wirkte – als wären wir, umgeben von ihrer Farm, unmittelbar ins Hoheitsgebiet ihrer Gedanken eingedrungen.

Mit ihrer, vielleicht ironischen Langsamkeit dahinschreitend, geleitete sie uns ins Haus. Seit meiner ersten Rückkehr aus dem College vor beinahe zwanzig Jahren gipfelten meine Heimkünfte jeweils in diesem Augenblick, da ich – wie auch jetzt wieder – meine Füße auf die rauhe Sandsteinschwelle unserer Hinterveranda setzte, während die Hunde mit freudigem Ungestüm in ihrem Zwinger neben dem verkrüppelten Ligusterstrauch anschlugen: Der war einmal von einem durchgebrannten Bullen geforkelt worden, den meine Großmutter dann mit ihrer Schürze gebändigt hatte. Es war in unserem ersten Sommer auf der Farm geschehen. Damals hatte ein mennonitischer Milchfarmer unsere Wiese in Pacht gehabt für seine Herde, zu der dieser rostfarbene Bulle gehörte. Und der hatte hinter dem Quellenhaus eine schadhafte Stelle im Zaun entdeckt. Er stolzierte mitten auf unserem Hof, schnob, attackierte den kleinen, runden, strahlend grünen Busch und stand dann kopfschüttelnd da, wie um eine Fliege in seinem Ohr zum Schweigen zu bringen. Während wir anderen uns in der Küche zusammenkauerten und schrien, ging meine Großmutter hinaus und stellte sich, eine Schürze schwenkend und mit denselben erbosten Zischlauten auf den Bullen einredend, mit denen sie sonst die fliegenden Händler einschüchterte, schützend vor diesen Ligusterstrauch, einen Setzling aus ihrem geliebten Garten in Olinger, bis die Tagelöhner des Mennoniten mit Stricken kamen. Der Busch hatte überlebt, aber die Schneelast eines jeden Winters hatte den Spalt erweitert, so daß der Busch in zwei divergierenden Richtungen auseinandergewachsen war.

Wir betraten die Küche. Ihr warmes, verschabtes Holzwerk war sanft erleuchtet. Nie hatten wir, in meiner ganzen Jugendzeit, ausreichend Lampen besessen oder Glühbirnen, die stark genug waren. Wir waren geizig in kleinen Dingen und verschwenderisch in großen. Das Innere des kleinen Hauses mit seinem dicken Mauerwerk war sonderbar ausgeschmückt und geschmacklos behängt mit allerlei Geschenken, die ich im Lauf der Jahre heimgesandt hatte, Weihnachtsfeste, Geburtstage, Jubiläen, sogar Muttertage hatten auf Fensterbänken und Schrankfächern solchen Plunder aus dänischem Zinn und mexikanischem Ton und italienischem Glas abgelagert, wie ich ihn, meist in Eile und verspätet, zur Post gebracht hatte in Cambridge und Rom und Berkeley und New York. Ich empfand diese Geschenke, so kostspielig sie gewesen sein mochten, als billige Ersatzmittel für meine Liebe und meine Gegenwart, und es war, als stoße ich beim Betreten dieses vertrauten Raumes statt auf meine ernste Jugend, die ich dort wiederzufinden hoffte, auf den gleißenden Abschaum meiner Verdorbenheit. Jedesmal wenn ich heimkehrte, verdroß mich in stärkerem Maße, wie viel von mir schon hier war. Bilder von mir – von mir, wie ich akademische Grade erhalte (dreimal), wie ich mich vermähle (das erste Mal), wie ich in der Sonne mit meinen Kindern Possen reiße, wie ich mumifiziert aus einem vergilbten Zeitungsausschnitt herabstarre, der hier in einer Plastikhülle ‹verewigt› wurde –, sie standen überall im Wohnzimmer oder hingen an den Wänden, zusammen mit verschiedenen Medaillen und Preisurkunden, die ich als Schuljunge erworben hatte; meiner wurde hier so ausgiebig gedacht, daß ich schon hätte gestorben sein können. Während mein Vater, der es haßte, sich fotografieren zu lassen (dreißig Jahre lang hatten die Jahrbücher der Realschule, in der er unterrichtete, dasselbe unschmeichelhafte Bild von ihm veröffentlicht), nirgends zu sehen war, was seiner Abwesenheit eine besondere Lebendigkeit verlieh. Ich sah ihn vor mir, wie er aus dem Bereich einer Kamera zurückwich und sagte : «Laßt meine häßliche Visage aus.» Ich horchte, ob nicht seine scharrenden Schritte auf der Veranda zu hören seien, seine Hand, die die Hintertür mit jener merkwürdigen Gewalt aufriß, als habe er sich mehr als nur halb darauf eingestellt, sie verriegelt zu finden. Es schien nicht unmöglich, daß er ins Wohnzimmer trete, sein Abendmitbringsel, einen betauten Halbliter-Becher mit dreifarbiger Eiscreme, in der Hand, mich mit der ihm eigenen Mischung aus Schelmerei und Besorgtheit ansehe, mir die Hand schüttele, sich an meine Mutter wende mit den Worten: «Der Junge sieht gesund aus» und sage zu meiner Frau: «Du scheinst ihn gut zu füttern.»

Aber er trat nicht ein; und wir vier blieben unter uns. Noch etwas anderes fehlte an den Wänden. Über dem Sofa, an dessen Kissen Hundehaare klebten, hatte zwölf Jahre lang eine Fotografie von Joan gehangen, das Begleitbild zu dem meinen, das zur selben Zeit in einem Studio in Alton aufgenommen worden war, als wir beide Anfang zwanzig und erst jung verheiratet waren. Meine Mutter hatte, ohne uns zu fragen, die Verabredung getroffen, und wir hatten uns beide geärgert. Ich hatte gemeint, solche Sentimentalität passe nicht zum Charakter meiner Mutter. Ich sah sie noch immer mit den Augen ihres Kindes – als jemanden, dessen Anwesenheit sich täglich erneuert. Ihre Leidenschaft für Erinnerungsstücke von mir hatte eingesetzt, noch ehe mir bewußt geworden war, daß ich mich wirklich losgelöst hatte. Gehorsam waren wir an einem heißen Mittag in den Wagen gestiegen und die zehn Meilen nach Süden gefahren, um die Verabredung einzuhalten. Joan hatte, um gleichzeitig ihren Abscheu vor derlei Veranstaltungen wie auch ihr Vertrauen in ihre jugendliche Schönheit kundzutun, ein schlichtes Baumwollkleid angezogen, ein Kleid, in dem ein Bauernmädchen hätte Erdbeeren feilbieten können, mit einem verblaßten Muster kleiner blauer Blumen auf gelbem Grund und einem großen viereckigen Ausschnitt, der nachlässig ihren wohlgeformten Hals und ihre Schultern zur Schau stellte. Als die Probeabzüge kamen, wählte meine Mutter für die Vergrößerung einen, der Joan in einem Augenblick zeigte, da sie sich unbeobachtet glaubte, in einem jener ängstlichen Momente, die bei ihr häufig waren, wenn sich ihr Körper – wie eine sich dem Licht zukehrende Blume – irgendeiner fernen Herausforderung entgegenzurecken schien. Sie war von den Hüften aufwärts zu sehen, kniend auf einem Sessel, dessen gebogene, die Knie verdeckende Lehne ihre Hände mit einer Kraft umfaßten, die ihre feinen Knochen hervortreten ließ. Sie hatte feinere Hände als Peggy. Der bleiche, gerundete, voll ausgestreckte rechte Arm stützte sie in ihrer aufrechten Haltung, und ihr Gesicht war zu drei Vierteln dem Licht zugewandt, das beinahe und doch nicht ganz die Andeutung eines Schmollens um ihre Lippen zu zerstreuen vermochte. Durch die Straffheit der Pose und die Weichheit der Kontur drang gleichwohl etwas von ihrer lebhaften Anmut, einer natürlichen Anmut, die ihre Reserviertheit zu etwas so Ungreifbarem machte, diese trotzige Schüchternheit, die dann aber wieder Lügen gestraft, in Stücke geschlagen wurde von ihrem strahlenden und absolut symmetrischen Lächeln. Das Bild bewahrte ein Geheimnis. Joan war damals schwanger gewesen. Sieben Monate später war Ann, unsere älteste Tochter, geboren worden. Und dieses kommende Ereignis vermischt sich mit dem geliebten Bild, das mein Geist hinter dem gestellten festhielt, mit dem Bild von Joan, wie sie sich widerwillig und achselzuckend das gelbe Kleid überzog, und dem von der Fahrt in der erdrückenden Mittagshitze nach Alton, das so typisch war für jene gezwungenen ersten Besuche auf der Farm, als der Staub des Weges nach jedem vorübergefahrenen Wagen wie rosenfarbener Nebel in der Luft hängenblieb und mein Vater nach seinem täglichen Kampf mit den Schülern Eiscreme mit nach Hause brachte und meine knabenhafte Treue ratlos zwischen meiner Mutter und meiner Frau hin und her irrte, zwischen denen eine unerklärliche Zwietracht bestand. Typisch für ihre Beziehung untereinander war, daß sich die Fotografie nicht als das erwies, was meine Mutter sich gewünscht hatte. «Ich wünschte mir», erklärte sie Joan Jahre später, «ein Bild deines Lächelns.»

An seine Stelle über dem Sofa – und nicht ganz das verräterische Rechteck der weniger verblaßten Tapete ausfüllend – war eine idyllische kleine Landschaft getreten, der sehr verkleinerte Druck eines Ölbildes, der mein Kinderzimmer geschmückt hatte, als wir noch im Haus meiner Großeltern in der Stadt wohnten. Unverzüglich – ich wollte, daß meine Mutter es bemerke, als eine Art Vorwurf – trat ich an das Bild heran, um es genau zu betrachten. Die fünfeckige Seitenwand einer Scheune wurde diagonal durchschnitten von einem Purpurschatten, den nichts Sichtbares warf, und ein kahler Baum unbestimmter Gattung wurzelte im üppigen, unmöglich grünen Gras. Tiefer in das Bild mich hineinbeugend, durchforschte ich von neuem den wundervollen Himmel mit den pastellfarbenen, gleichgerichteten Streifen, angesichts derer ich mir als Kind vorgestellt hatte, ich beträte, auf dem Kopfe, eine Kreidelandschaft. Zwischen zwei Farbfurchen stand an diesem Himmel das winzige schwarze V eines fliegenden Vogels, und ich hatte mir immer vorgestellt, meine Finger könnten ihn, drängen sie nur durch das Glas, ausrupfen wie Karottenkraut. Dieses kuriose Bild mit seinem Ausblick auf eine phantastische rustikale Landschaft hatte, nachdem wir in das Farmhaus gezogen waren, im Zimmer oben am Treppenabsatz gehangen, wo ich als Junge geschlafen und wo dann, als ich fortgegangen war, mein Vater sich eingerichtet hatte. Als ich mit Richard die Treppe hinaufstieg, fürchtete ich, meinen Vater dort zu treffen, schlafend unter dem blendenden Licht, eine zerlesene Zeitschrift aufgeschlagen auf seiner Brust und die geschlossenen Augen mit seiner Brille schützend. Stattdessen entdeckte ich, als ich Richard in das leere Bett legte, daß meine Mutter die Fotografie Joans keineswegs versteckt, sondern sie lediglich mit der Landschaft ausgetauscht hatte. Joan hing an meiner Wand.

«Wer ist das reizende Mädchen?» fragte Richard. Als meine Stimme anhub, es ihm zu sagen, stieß sie auf unüberwindlichen Widerstand – als sei dies, daß er die Frau nicht kenne, an deren Stelle seine Mutter getreten, ein Geschenk der Ahnungslosigkeit, das es zu bewahren gelte. Ich zog seinen großen, buschigen Kopf mit dem erneuerungsbedürftigen Bürstenschnitt gegen meine Brust, damit er nicht mein Gesicht sehe, und als er es dennoch sah, erklärte ich mit leisem Beben: «Dieses Haus ist zu voll von mir.»

Ehe ich Richard zu Bett brachte, hatten wir gegessen und uns unterhalten. Meine Mutter hatte, da sie nicht wußte, ob wir auf der Fahrt etwas essen würden, einen kleinen pennsylvanischen Imbiß bereitet, für unsere Begriffe eine richtige Mahlzeit, bestehend aus Schinkenwurst in Pfefferkohl (und einer Vorliebe von mir sich erinnernd, die ich vergessen, hatte sie mir als besondere Aufmerksamkeit das kalt aussehende, heiß schmekkende, geraspelte Kohlherz aufgehoben), Apfelsauce, Bienenstich, koffeinfreiem Kaffee, den ihr Herz vertrug. Peggy und Richard waren überwältigt von dieser braunen, dampfenden Speisenfülle. Ich war erstaunt zu sehen, daß der Junge in einem Alter, in dem ich nie genug Bienenstich bekommen konnte, ein zweites Stück höflich ablehnte. Meine Mutter bot ihm Kaffee an, und Peggy sagte, er trinke nie Kaffee.

«Nie?»

«Letzten Sommer mit meinem Vater», sagte Richard, «auf unserer Camping-Tour zu den Adirondacks, habe ich welchen getrunken, weil die kondensierte Milch so miserabel war.»

«Ja, und du kamst krank nach Hause», sagte Peggy.

«Er ist koffeinfrei», sagte meine Mutter und schenkte ihm eine halbe Tasse ein. Der Akt des Kaffee-Eingießens, in behaglicher Verbindung mit der Gestalt und Maserung unseres alten Eßtisches, ließ sie ins Reden kommen; wir hatten immer geredet, wenn die Familie beim Essen zusammensaß. «Ich glaube, ich fing mit Kaffeetrinken an», sagte sie, «als ich drei war. Ich erinnere mich noch daran, wie ich in einem Lehnstuhl sitze, gerade dort, wo du jetzt sitzt, Peggy, und wie eine große Tasse schwarzen Kaffees auf einem Tablett vor mich hingestellt wird. Ich weiß nicht, was sich meine Mutter dabei dachte, doch hatte man eben damals keine Ahnung von richtiger Ernährung, und mein Vater hatte nie Milch im Haus. Er trank ein Dutzend Tassen am Tag – bis zu seinem Tod –, schwarz, so schwarz wie möglich, und heißer als irgend jemand sonst. Gleich vom Herd weg goß er ihn hinunter; er war sehr stolz darauf. Auf Dinge dieser Art, Richard, waren die Leute früher stolz.»

Richard legte seine Finger auf die Tasse und sagte, als habe ihn diese Berührung in direkten Kontakt mit meiner Mutter gebracht: «Erzählen Sie mir, Mrs. Robinson, von Ihrer Farm.»

«Was möchtest du über sie erfahren? Ich bin überzeugt, Joey –» sie hielt inne, weil ihr die Verwendung dieses Namens für mich vor meinem Stiefsohn merkwürdig vorkam, doch wie mir fiel auch ihr kein besserer ein – «hat dir gewiß schon mehr darüber erzählt, als du erfahren wolltest.» Sie warf mir rasch einen Blick zu und fuhr fort: «Oder vielleicht hat er es auch nicht getan. Wahrscheinlich spricht er nie von der Farm. Sie hat ihn immer bedrückt.»

«Hat denn Ihr Vater», sagte Richard, «der Mann, der den Kaffee so heiß trank – hat er sie verkauft, oder was? Ich bring's nicht recht zusammen.»

Meine Mutter schlug die Arme auf der Tischplatte übereinander und lehnte sich vor, eine beflissen wirkende Geste, die sie sich angewöhnt hatte, um sich das Atmen zu erleichtern. «Mein Vater», sagte sie, «war wie mein Sohn – die Farm bedrückte ihn. *Sein* Vater hatte ihn zu schwer darauf arbeiten lassen, und als er–» sie sah mich prüfend an, noch immer nach einem Namen für mich suchend – «ungefähr ebenso alt war wie mein Sohn jetzt, verkaufte er sie und zog mit uns allen in die Stadt, wo *er* –» sie deutete auf mich – «aufwuchs.»

«Was tat Ihr Vater danach, um seinen Lebensunterhalt zu verdienen?» fragte Richard.

«Nun, das ist es ja. Er tat nichts. Er war ein Mann ohne Beruf, und wenn einer keinen Beruf hat, ist es für ihn am besten, er hat eine Farm. Er saß im Lehnstuhl und trank Kaffee und sah zu, wie sein Geld beim Börsenkrach zerrann.»

«Mein Vater sagt, es werde nie wieder einen Börsenkrach geben.»

«Ja, hoffentlich; aber wie so vieles Mißliche hatte er vermutlich auch sein Gutes. Es steht jedenfalls fest, daß der Börsenkrach die Manieren meines Vaters verbesserte; denn solange er Geld hatte, war er ziemlich unausstehlich.»

«Richard», sagte Peggy, «liebt seinen Vater sehr.»

Sie strich ihr Haar zurück. Ihre Bemerkung erschien mir unpassend; sie hatte aus den Worten meiner Mutter einen Anbiederungsversuch herausgehört, der nicht darin enthalten war. Meine Mutter hatte ihren Vater geliebt und hielt ‹Unausstehlichkeit› für ein eher wünschbares menschliches Attribut. Dies nicht zu fühlen, zeugte von Beschränktheit, und ich muß bekennen, daß mich die Art, wie Peggy in Richards Gegenwart unweigerlich zur Verteidigung des Mannes antrat, von dem sie sich vor fünf Jahren hatte scheiden lassen, erheblich störte, wie jede Reaktion, die auf einen Reflex heruntergekommen ist. Gleichwohl hatte ich Verständnis für ihre Gereiztheit; denn meine Mutter hat eine gefährliche Art, Kinder wie ihresgleichen zu behandeln. Vor Jahren geschah es einmal hier in dieser Küche, daß mein Sohn Charlie, der mit einem Zollstock um den Tisch marschierte, leicht meine Mutter schlug. Ohne zu zögern, entwand sie ihm den Stock und schlug kräftig zurück. Als Joan den Jungen zu trösten versuchte, erklärte meine Mutter, die noch immer den Zollstock festhielt – einen gelbroten mit dem Namen einer Eisenwarenhandlung aus Alton darauf –, er habe schon den ganzen Morgen «ein scheeles Auge auf sie gehabt» und sich seit langem vorgenommen, sie «auf die Probe zu stellen». Wie primitive Gottesverehrer das teilnahmslose Universum mit bestimmten Absichten ausstatten, unterstellte meine Mutter der belebten Welt, eingeschlossen Kinder und Hunde, abergläubisch eine Fülle von Motiven, die kaum in ihnen zu finden sein mochten – obschon sie ihre Umwelt, wie Gläubige überall, gern zur Bestätigung ihrer selbst heranzog.

«Gut für Richard», sagte sie tonlos und bog den Kopf zurück, um Peggy einen Blick durch die Lesehälfte ihrer Brille zu gönnen. «Und warum sollte er nicht?»

Ich zuckte zusammen, weil ich fürchtete, daß Peggy hierauf etwas erwidern werde; aber Richard, dessen Augen den Glanz der Verzauberten angenommen hatten – der Frösche und Hirsche, die Könige sind –, bestand glücklicherweise darauf, daß meine Mutter ihre Geschichte fortsetzte. «Wie haben Sie die Farm zurückkaufen können ohne alles Geld?»

«Wir verkauften das Haus», sagte meine Mutter, «das Haus in der Stadt, wo *er* geboren worden ist. Nach dem Krieg. Weißt du, Richard, nach der Depression, bei der jeder sein Geld verlor, außer Bing Crosby, gab es einen Krieg, in dem jeder, sogar Schullehrer, einiges verdienten, wenn sie nicht fielen.»

«Wer war Bing Crosby?»

«Ein sehr beliebter Sänger. Das war nur ein Scherz.» «Ich verstehe», sagte er und lächelte feierlich. Er hat eine Lücke zwischen den Schneidezähnen, wie sie gewöhnlich mit Sommersprossen einhergeht, von denen er freilich keine besitzt, da er seines Vaters frische, kühle Haut geerbt hat.

«Der Krieg war vorüber, und mein Mann und ich hatten ein wenig gespart – er hatte sommers gearbeitet, und ich war, wenn du dir das vorstellen kannst, Fallschirmschneiderin gewesen –, und die Farm stand zum Verkauf. Ich ging zu dem Alten, der mir Rat zu geben pflegte, wenn ich darum bat. Ehe ich Joey bekam, fragte ich ihn, ob ich ein Kind haben könne, denn es wurde bei mir für gefährlich gehalten, und er sagte, Blut, das nicht fließe, sei tot. Hiermit meinte er, nehme ich an, daß eine Blutslinie, eine Familie, ein Kind haben müsse, oder sie sterbe. So bekam ich meinen Sohn, und keine meiner Tanten konnte fassen, daß ich es fertigbrachte. Sie hielten mich für ein Monstrum. Nun wollte ich meine Farm, und er sagte mir, es gebe ein spanisches Sprichwort: Nimm, was du begehrst, und zahle den Preis dafür. Und das tat ich.»

Ein Schweigen trat ein, währenddessen wir den Preis abschätzten. Richard fragte: «War es Ihrem Mann recht, Farmer zu sein?»

Nein, schrie eine Stimme in mir so laut, daß ich, um sie zum Schweigen zu bringen, sagte: «Er war nie einer.»

«Er war nie Farmer», sagte meine Mutter. «Das stimmt. Aber er kaufte mir einen Traktor, und ich konnte die Felder selber mähen. Er war ein Stadtkind wie du.»

«Was für einen Sinn», fragte Richard, wie ich ihm geraten hatte, «hat eine Bauernwirtschaft, die niemand bewirtschaftet?»

Ich fürchtete, wir seien zu weit gegangen, aber meine Mutter schien, entgegen aller Erwartung, erfreut über die Frage und schob ihren Kopf noch weiter über die gekreuzten Arme vor, um sich Atem für eine volle Antwort zu schaffen. «Nun», sagte sie rasch, «ich denke, das gerade ist ihr Sinn: daß niemand sie bewirtschaftet. Land ist wie die Menschen. Es braucht Ruhe. Land ist *genau* wie eine Person; wenn es auch nicht stirbt, wird es doch sehr müde.»

«Überdies», erklärte ich Richard, um ihr das mühsame Sprechen abzunehmen, «bewirtschaften wir sie ein wenig. Bisweilen lassen wir das Heu zu Ballen packen und verkaufen es; vor einigen Jahren verpachteten wir das obere Feld an einen amischen Mennoniten, der darauf Mais baute; wir ziehen Gemüse, und früher haben wir auch Erdbeeren verkauft.»

«Ja», sagte meine Mutter und wandte sich plötzlich an Peggy, «wir ließen diesen hochintellektuellen Mann aus Harvard und seine kultivierte Frau aus Boston mit einem Brett und zwei Schragen an der Straße stehen und den Sonntagsausflüglern Erdbeeren anbieten!» Ich war verblüfft zu hören, wie Joan und mein früheres Selbst in meiner Mutter Saga von der Farm eingegangen waren.

«Wir hatten gar nichts dagegen einzuwenden», sagte ich, wie um mich zu entmythisieren und zu zeigen, daß ich jener Ehefrau näher war, die keine Erdbeeren verkauft hatte.

«Dir war es ein Greuel», sagte meine Mutter mit Entschiedenheit. «Du hattest immer Angst, es werde niemand anhalten.» Sie fügte erklärend hinzu: «Er ißt nämlich selbst keine Erdbeeren und konnte nie begreifen, daß andere sie gern essen.»

«Jetzt ißt er Erdbeeren», erwiderte Peggy.

Meine Mutter fragte mich: «So?»

«Auf Eiscreme», sagte ich.

«Wer war der Alte?» fragte Richard.

Meine Mutter kniff die Augen zusammen. «Der Alte?»

«Der Alte, den Sie um Rat fragten, sooft Sie etwas vorhatten.»

«Ach so – das ist eine Geschichte, die vielleicht nichts für dich ist. Was meinst du, Peggy?»

«Ich kenne die Geschichte nicht.»

«Weißt du, Richard, er war ein Vetter, genannt Onkel Rupe, von dem manche Leute meinten, er sei meiner Mutter übermäßig zugetan gewesen. Und zwar länger, so hieß es, als solche Aufmerksamkeit schicklich war. Gleichviel, ich war sein Liebling, und darum muß schon etwas nicht gestimmt haben. Er war der einzige, der mich je für voll nahm.»

«Das ist erstaunlich», sagte Richard.

Meine Mutter starrte ihn an; aber des Jungen helläugiges und ausdruckslos fasziniertes Gesicht, in dem sich keine Spur einer unverschämten Absicht fand, war ein hinreichender Schild. «Das meine *ich* auch.»

Im Augenblick der Gefahr war Peggy erstarrt und sagte nun: «Richard, es ist längst Schlafenszeit für dich.»

«Ich bin kein bißchen müde», sagte er. «Es muß am Klimawechsel liegen. Vielleicht auch am Höhenunterschied. Die Männer, die den Mount Everest bestiegen, konnten beinahe überhaupt nicht schlafen.»

Ich fragte meine Mutter: «Hast du diese alten Sammlungen utopischer Romane von mir fortgeworfen? Richard fängt gerade an, sich für derlei zu interessieren.»

«Sie sind herrlich gruselig», sagte er.

«Nichts ist entfernt worden», erklärte meine Mutter mit müder Stimme, in der ein leiser Vorwurf mitschwang.

Ich ging zu den Borden, auf denen ebenso viele Bücher lagen wie standen, dort unter dem der Scheune zugekehrten Fenster, die nun ein bleiches, Sterne austilgendes Loch in der Nacht war; und hier, unter einigen broschierten Thorne Smith und P. G. Wodehouse, die mich vor langem belustigt hatten und die nun durch den bloßen Anblick ihrer zerschlissenen und altmodischen Umschläge die staubig-heufiebrigen Empfindungen jener endlosen Sommertage weckten, ehe ich meinen Führerschein gemacht hatte und der Farm entfliehen konnte, hier fand sich wohlbehalten die dicke, vergilbte Sammlung, die der Verlag Doubleday in den vierziger Jahren herausgebracht hatte: Es war ein Wunder. Der Ansturm der Zeit hatte nicht nur den Rücken ausgeblichen, sondern auch die Ränder der vorderen Umschlagseite, dort, wo kein anderes Buch sie bedeckte. Mit diesem ausgefransten Köder drängte ich Richard die schmale Treppe hinauf. «Putz dir die Zähne», rief uns Peggy nach. Ich ließ ihn wohlverwahrt in seinem Bett zurück. Sein Kuß schmeckte nach Crest-Zahnpasta, und er lag, den Kopf hoch auf zwei Kissen, unter der alten Bridge-Lampe mit dem zerbeulten Papierschirm, unter der mein Vater, auch wenn sie brannte, zu schlafen pflegte. Die Lampe hatte, von Spinnweben bedeckt und unangeschlossen, in einer Ecke gestanden.

Unten spülten die Frauen das Geschirr. Noch das Bild Joans, das ich soeben wiedergesehen, vor Augen, erinnerte ich mich, wie sie meine Mutter unentwegt dadurch beleidigt hatte, daß sie ihr zu emsig half. In meiner Mutter entstand sehr leicht das Gefühl, man wolle sie verdrängen, vielleicht weil ihre eigene Mutter bis zu ihrem Tod im Alter von neunundsiebzig Jahren das Regiment in der Küche geführt und sich energisch jeder Verdrängung widersetzt hatte. Peggy hatte die beherrschende Stellung am Spülstein eingenommen, während meine Mutter fügsam das Geschirr holte und stapelte. Die Fügsamkeit war nicht nur augenscheinlich; in der Atmosphäre um meine Mutter – mit ihren unbeständigen Druckverhältnissen, auf die ich empfindlicher reagierte als auf das Wetter – deutete nichts auf einen heraufziehenden Sturm des Ressentiments, und mir kam von neuem zu Bewußtsein, wie schwach sie geworden war. Sie brachte Peggy die Teller mit den behutsam zögernden Bewegungen einer Kranken. Ich half ihr. Nachdem das Geschirr gespült war, suchte sie langsam drei Weingläser und die Flasche Sherry, das einzige alkoholische Getränk im Hause, sowie eine Zellophantüte mit Brezeln zusammen, und wir begaben uns redend ins Wohnzimmer.

Reden – es scheint, als hätte das Reden nie aufgehört, während ich heranwuchs. Reden war uns alles – Nahrung und Liebe, Geld und Mist, Gott und der Teufel, Beichte, Philosophie und Leibesübung. Und wiewohl meines Großvaters gemeißelte, weitläufige Äußerungen verstummt waren, denen durch viel bedächtiges Räuspern und himmelwärts auffahrendes Gestikulieren seiner Hände mit ihrer trockenen Haut zusätzliche Würde und Bedeutung verliehen wurde, und meines Vaters humorvolles, tänzelnd dahinschnurrendes Gewimmer nie mehr zu vernehmen sein würde, vermochte die Stimme meiner Mutter allein – indem sie sich hob und senkte, seufzend verhauchte und der Wiedergeburt harrte, schlaff wurde und konturlos wie das Raunen der Natur selbst und dann sich plötzlich zu rascher Selbstrechtfertigung schärfte – trotz der Erweiterung von Herz und Lunge, beinahe den ununterbrochenen, dichten Wortschwall hervorzubringen, in welchem ich gebadet und erzogen worden war. Das Reden war in unserem Haus ein Kontinuum, das in jedem Augenblick auf Vergangenes und Gegenwärtiges sich einstellte, das unermüdlich Fährten wiederaufnahm und sich neu orientierte, als suche es einen Zustand des Gleichgewichts herzustellen, der endlich frei von Beunruhigung war. Meine Mutter stieß sich an dem Ausspruch, den ich vor einer Stunde getan, mein Vater sei nie Farmer gewesen, und an der darin enthaltenen Andeutung, die Farm sei ihm eine Bürde gewesen und habe sein Leben verkürzt. Ich hatte das sichere Gefühl, dies sei wahr; meine Mutter fürchtete, es könne wahr sein. Meiner Mutter Methode der Sühne, der Suche nach einem Gleichgewicht, war nun, Peggy umständlich und gewunden und geistreich unsere finanzielle und menschliche Situation bei unserer Übersiedlung hierher darzulegen. In dieser Geschichte, die jedesmal wenn ich sie hörte, leicht abgewandelt wurde, war ihre eigene Mutter («die», wie meine Mutter zu Peggy sagte, «mich in vielem an dich erinnert; sie hatte zwar nicht rote Haare, aber sie hatte deine Energie und deine Art, mit dem Geschirr zu hantieren, und auch deine spitze Nase. Hätte ich meiner Mutter Nase geerbt statt meines Vaters formlose Knolle, ich brauchte meine Tage nicht als verrückte alte Einsiedlerin zu beschließen») nicht mehr fertig geworden mit dem großen Haus in Olinger. Mein Großvater versank in Teilnahmslosigkeit. Die Heizungs- und Instandhaltungskosten trieben meinen Vater einem frühen Grabe zu. Ich, meiner Mutter Sohn, war auf dem besten Wege, «ein Olinger-Nichtsnutz zu werden, eine Type, die man gesehen haben muß, Peggy, um sie sich vorstellen zu können – es ist nicht zu glauben, aber die Leute jener Stadt betrachten sich in allem Ernst als den Mittelpunkt des Universums. Sie wollen nirgends sonst *hingehen*, sie wollen nichts *wissen*, sie wollen nichts *tun*, bloß dasitzen und einander anhimmeln. Ich wollte nicht, daß mein einziges Kind ein Olingerite werde; ich wollte, daß er ein *Mann* werde.» Darum hatte sie mich hier heraus gebracht. Und mein Vater, nun – «Mein Mann und ich, Peggy, wir hatten keine große Phantasie, und unsere Bedürfnisse waren recht bescheiden. Wenn sich nun einer von uns doch etwas wünschte, versuchte der andere, ihm oder ihr bei der Erfüllung des Wunsches behilflich zu sein. Wirklich gewünscht habe ich mir nur zwei – nein, drei – Dinge in meinem Leben. Das erste, was ich mir wünschte, war ein Pferd, und mein Vater kaufte mir eines; aber als wir dann fortzogen, konnte ich es nicht behalten. Die beiden anderen Dinge, die ich mir wirklich wünschte, waren mein Sohn und meine Farm, und George ließ mich beides haben.»

Peggy fragte: «Und was wünschte er sich?»

Meine Mutter hob den Kopf, wie um einen fernen Vogelruf zu identifizieren.

Die Frage war für Peggys Verstand absolut klar, und sie wollte, daß diese Klarheit auch uns aufgehe. «Bei der Erfüllung welchen Wunsches halfen Sie ihm? Er gab Ihnen Joey und die Farm; was gaben Sie ihm?» Ihr Gesichtsausdruck war höflich, aber ihre Augen, an deren Lidern noch die grünen Schatten aus der Stadt hafteten, waren gefährlich müde.

Mein Herz klopfte; meine kribbelnden Finger fühlten sich geschwollen an um den kalten Stengel des Weinglases. Das Schweigen meiner Mutter, währenddem ihre Seele aus ihren

Augen und ihrem Mund in das Dunkel zurückwich, in welchem ich ohne ihre Huld ungeboren begraben geblieben wäre, war so fürchterlich wie nur je.

«Ja, was denn», sagte sie schließlich und breitete mit großartiger Geste die Hände aus, «seine Freiheit!»

In dieser Antwort, dieser kühnen Rechtfertigung ihrer Ehe, war ihr ganzer alter Witz lebendig; und es verdroß mich sehr, daß Peggy stutzte. Ihr Kinn bekam etwas Trotziges, und ich spürte, wie sie sich dagegen sträubte, so wie sie sich gegen den richtigen Sitz eines Kleides gesträubt hätte, das eine andere ihr überließ, sich sträubte gegen dieses Gebäude aus Anmaßung und Toleranz, in das sich die Charakterisierung der gequälten Unrast meines Vaters als «seine Freiheit» so schön fügte. Meine Mutter verfuhr in ihrer mythologischen Biographie wie ein Mathematiker, der nach Aufstellung bestimmter, festumrissener Postulate Großtaten der Verdrehung und List und paradoxen Verknüpfung vollbringt, die einem Außenstehenden, der nicht auf die Ebene dieser Logik eingeschworen ist, schauderhaft willkürlich vorkommen müssen. Und nach dem Tod meines Vaters und meiner Scheidung von Joan war kein innerer Beobachter mehr übrig als ich – ich und die hingebungsvollen Hunde.

Peggy fragte brutal: «Kann man einem Menschen Freiheit geben?» Ich sah, wie die Art sie ärgerte, in der meine Mutter ihre Ohnmacht, meinen Vater zu besitzen, als besondere Gabe hinstellte. Sie berührte den wunden Punkt in ihr selbst, um den ihre eigene Mythologie kreiste, den nämlich, daß die Frauen sich den Männern hingeben, wofür die Männer ihnen ihren Lebenszweck geben.

Meiner Mutter gefiel es, sie in den Begriffen einer anderen Religion zu verstehen. «Vermutlich», sagte sie, «gibt nur Gott Freiheit. Aber die Menschen können es auch, indem sie nicht verneinen, was aufs selbe hinausläuft.» Und dann nahm, gleich einem Bach, der um einen Baumstumpf herumstrudelt, der Fluß ihrer Rede wieder seinen Fortgang, und ihre Erinnerungen an den Kauf der Farm weiteten sich zu dieser Farm selbst – wie sie im Augenblick des Kaufes ausgesehen: wüst, ausgelaugt; wie sie in ihrer Kindheit ausgesehen: das große Oberfeld ein wogendes Gerstenmeer, das kleine Oberfeld mit Tomatenreihen bepflanzt, das kleine dreieckige Feld, der Wiese gegenüber, goldgrün von Zuckermais, das hintere Feld silbergrün von Luzerne, ein Gemüsegarten mit Kartoffeln und Zwiebeln und Kohl und Erbsen dehnte sich über den sandigen Hügelkamm hin, jenseits des Obstgartens, dessen überladene untere Äste abgestützt werden mußten; und sogar der Wald hatte Frucht getragen: Beeren und Hickory-Nüsse und Brennholz; zu dieser Farm endlich, wie sie jetzt dalag: zur Ruhe gekommen und mit struppigen Feldern, die gemäht werden mußten. So gelangte ihre Rede zu handfesten Dingen, dem Zweck dieser Reise, der darin bestand, daß ich den Traktor fahren sollte, wozu sie selbst zu schwach geworden war. Die Gemeinde würde ihr eine Geldbuße auferlegen, wenn nicht gemäht würde. Unser Besuch war in mehreren behutsamen Telefongesprächen vereinbart worden, in denen meine Mutter und ich beim Ticken des Zeitmessers und über einem Gewirr von fremden Gesprächen in New Jersey unsere Mutmaßungen über des anderen Wünsche angestellt hatten – ich sollte mähen, und sie sollte mit Peggy zusammensein, um sie besser kennen, um sie, wenn möglich, lieben zu lernen. Peggy schlief. Mein breithüftiges Weib mit den schweren Lidern war während des Vortrags meiner Mutter eingenickt. Sie lag bewußtlos in der verblichenen Umarmung unseres alten kastanienbraunen Ohrensessels, der einmal meines Großvaters bevorzugtes Forum gewesen. Ihre spitzen gelben Schuhe mit den hohen Absätzen lagen neben ihren Füßen, wie abgeworfen bei einer unvermittelten, schwungvollen Bewegung. Ihre Füße, mit den langen Zehen hinter der Schleiermaske des äschernen Nylon, ruhten seitlich auf dem Boden, herbeigezogen von ihren angewinkelten Beinen, deren Knie an einem Arm des Sessels lehnten. Ihr verrutschter Rock enthüllte die dunkle Kurve eines Strumpfendes. Ihre sommersprossigen, mit Flaum bedeckten Unterarme lagen gekreuzt in ihrem Schoß, wobei sich die eine schlaffe

Handfläche mit dem Geäder der Unterseite ihres Handgelenks aufgekehrt ins Lampenlicht geschoben hatte; und ihr Gesicht lehnte abgewandt in dem beschatteten rotbraunen Tuch des Sessels, während ihr langes, seinen Spangen entschlüpftes Haar über die ergebungsvoll geneigte Kurve ihres Rückens und das Weiß ihres Halses floß. Sie überflutete den Sessel, und ich empfand Stolz vor meiner Mutter, gleichsam als zeigte ich, während sie von ihrer Farm redete, schweigend meine eigene Liegenschaft vor, die ich der Welt entrissen. Doch der Blick meiner Mutter kehrte, nachdem er auf dem langen weiblichen Körper verweilt hatte, der dort vertrauensvoll schlafend wie der eines Kindes zusammengekauert lag, mit beleidigtem Ausdruck zu mir zurück. Ehe sie etwas sagen konnte, das uns beiden zur Schande gereicht hätte, fragte ich ungeduldig: «Warum können wir uns zum Mähen nicht einen Mann nehmen? Warum mußt du oder ich es machen?»

«Es ist unsere Farm.»

«Es ist deine Farm.»

«Sie wird sehr bald die deine sein.»

«Sag das nicht.»

«Ich betrachte es als eine erfreuliche Tatsache. Denkst du noch immer ernsthaft an den Golfplatz?»

«Natürlich nicht. Man braucht Tausende von Dollar, um solch einen Platz anzulegen, und wer würde ihn verwalten? Ich wohne in New York.»

«Ich habe schon gedacht, du könntest das kleine ebene Feld, in halbe Morgen parzelliert, verkaufen – ich glaube, das würde mein Geist noch hinnehmen – und das Geld verwenden, um die übrige Farm instand zu halten. Keine Woche vergeht, ohne daß jemand anruft und fragt, ob ich ihm ein Stück verkaufen wolle. Die Geier scharen sich zusammen.»

«Was bieten sie denn?»

«Das ist es eben – so gut wie nichts. Zweihundert Dollar pro Morgen. Sie scheinen zu denken, ich seit restlos verblödet. Ein Jude aus Philadelphia bot mir fünfundzwanzigtausend und hätte mir das Haus und den Obstgarten gelassen; das war noch das anständigste Angebot. Ich wette, ich hätte ihn auf vierzig hinauftreiben können.»

«Du hast vier gezahlt.»

Sie zuckte die Achseln. «Das war vor zwanzig Jahren. Es gibt jetzt mehr Menschen und mehr Geld. Das hier ist nicht mehr der Landkreis, in dem du aufgewachsen bist. Das Geld ist zurückgekehrt. Was mich an – Schoelkopf erinnert. Er hat jetzt einen Enkel und meint, er brauche die Wiese.»

«Die ganze?»

«Ja, gewiß. Und er wies sogar listig darauf hin, daß ich *dir* einen Gefallen täte, wenn ich endlich einen kleinen Gewinn herausschlüge und aufhörte, meinem Sohn auf der Tasche zu liegen.»

«Das soll kein Grund für dich sein.»

«Aah –» ihre Hand fuhr durch die Luft, wie es die ihres Vaters getan – eine Geste, die mich als Kind an jenen geheimnisvollen Satz in der Bibel denken ließ über den Finger, der geschrieben habe und fortfuhr zu schreiben – «sei nicht zu voreilig. Du hast jetzt zwei Frauen, und bei mir selbst werden noch einige Arztrechnungen zusammenkommen. Doktor Graaf möchte, daß ich ins Krankenhaus gehe.»

«Wirklich? Du scheinst ein bißchen kurzatmig, aber sonst –»

«Ich habe wieder das, was sie früher ‹Zustände› nannten. Beim letzten war ich draußen auf dem hinteren Feld mit den Hunden, und ich glaube, sie haben mich heimgeschleift – jedenfalls erinnere ich mich nur noch daran, daß ich auf allen vieren die Treppe hinaufkroch und alle Pillen schluckte, die ich finden konnte, eine von jeder Sorte. Ich wachte erst am nächsten Tag um die gleiche Stunde wieder auf. Flossie hatte den Fensterrahmen über dem Bücherbord durchgenagt. Sie springen noch immer dort hinauf, um Ausschau zu halten, ob George heimkommt.»

«Du hättest mich rufen können.»

«Du warst auf Hochzeitsreise. Gleichviel, Joey. Dein Vater und ich hatten unsere Differenzen, aber in einem waren wir einer Meinung, nämlich daß wir billig sterben wollten. Das ist schwierig heutzutage, weißt du. Die Ärzte haben jetzt diese Apparate, mit denen sie einen lange genug am Leben halten, um jedermanns Bankkonto zu plündern.»

«Du darfst nicht in allem nur das Geld sehen.»

«Was denn sonst? Sex?»

Ich errötete, und meine Mutter, die für eines Atemzuges Dauer Mitleid mit mir hatte, fuhr fort: «Nun, sag einmal aufrichtig. Bin ich dir eine Last?»

«Nein. Das Geld, das ich dir schicke, ist das geringste meiner Probleme.»

«*Das* glaube ich gern – aber seine Pension reicht beinahe aus, und ich komme schon noch eine Weile ohne alle Zuschüsse hin. Ich möchte nicht, daß du mich am Ende noch wegen ein paar Dollar zu hassen beginnst; dafür ist es zu weit mit uns gekommen.»

«Das wird auch nie geschehen. Mir geht es nicht schlecht, weder in Gelddingen noch in Dingen des Geschlechts, noch sonst in etwas.»

«Darf ich fragen, was die Scheidung *wirklich* gekostet hat?»

«Nun – mit allen Flugreisen und Anwälten nicht weniger als viertausend.»

«Das habe ich mir gedacht. Und Joan –?»

«War sehr bescheiden und rücksichtsvoll wie immer. Wenn sie in zwei Jahren wieder heiratet, wird die Last erträglich sein.»

«Was mit drei kleinen Kindern allerdings ein *Wenn* bleibt. Joan legt sich nicht so ins Zeug wie deine Neue.»

Kummer oder Ungeduld – ich hatte die Fähigkeit verloren, sie zu unterscheiden – gab meiner Stimme einen schrillen Ton. «Mutter, ich kann's nicht ändern.»

Sie lehnte sich zufrieden zurück. Sie saß in einem Sessel, der mich immer in Verlegenheit gebracht hatte – einem Gartenstuhl aus Maschendraht, der, von der Armut gerufen, blaugestrichen ins Haus gewandert war. «Nun sag mir einmal, aber ganz offen: Möchtest du, daß ich verkaufe?»

«Die Farm?»

«Ein Stück davon. Einige Parzellen.»
«Selbstverständlich nicht.»
«Warum nicht?»
Weil sie im Grunde selbst nicht wollte. «Weil es nicht notwendig ist.»
«Versprichst du mir eines? Wirst du mir sagen, wenn es notwendig ist?»
«Mir wäre lieber, du würdest es erraten.»
«Besser nicht. Ich bin im Erraten nicht mehr so groß wie früher.»
Demnach war ihr am Schein einer Abmachung gelegen. Ich sagte: «Ich verspreche es dir.»
Peggy regte sich. Ihre langen Beine verschoben sich aus einer Schmerzenslage, ein Fuß warf einen aufrechtstehenden leeren Schuh um, eine Hand zog unbewußt den Rock hinunter.
«Deine Braut», sagte meine Mutter, «wird sich noch einen steifen Nacken holen.»
Peggys Augen waren geöffnet, und sie hatte diese Worte gehört. Sie blinzelte, verwirrt, da sie nicht begriff, wo sie war. Ihre Benommenheit berührte mich wie etwas verletzlich Zartes. Ich stand auf, wandte meiner Mutter den Rücken zu und gab Peggy die Hand. Schwach vom Schlaf, versuchte sie, sich meine drängende, mahnende, flehende Hand zu erklären, und sah dann zu meinem Gesicht auf, das ihr zeigen mußte, dies sei für mein Gefühl ein Augenblick der Not und Rettung, denn sie machte einen Versuch, sich zu sammeln.
«Komm, meine Dame», sagte ich. «Wollen dich zu Bett bringen.»
«Wie dumm», sagte sie, legte ihre Hand in die meine, ließ sich hochziehen und stand da. In Strümpfen wirkte sie klein neben mir. Ihre Hände - ihre Hände sind ein bißchen groß und rot an den Fingergelenken und -spitzen und erscheinen mir immer als oval geformt. Ich meine, erstmals auf sie aufmerksam geworden sei ich bei jener Abendgesellschaft durch die Art, wie sie dastand – ungelenk und ernst, die Hände träge an sich herunterhängen lassend, eingekehrt nach den Schenkeln hin,

wie Werkzeuge außer Gebrauch; ihre Arme lagen in ihrer vollen Länge bloß, und ihre Weigerung, die Front ihres Körpers mit einer hochgehaltenen Zigarette oder einer abwehrenden Geste zu schützen, schien anzudeuten, daß man sie sich nehmen könne.

«Gute Nacht, Mrs. Robinson», sagte sie. «Tut mir leid, daß ich so schläfrig bin.»

«Ich denke, du bist die einzig Vernünftige unter uns», sagte meine Mutter. «Gute Nacht, Peggy. In der Kommode liegt noch eine zusätzliche Wolldecke, wenn ihr eine braucht.» Sie wünschte mir nicht gute Nacht, als sei sie gewiß, daß ich noch einmal zurückkehren werde.

In unserem Zimmer angelangt – dem früheren Schlafzimmer meiner Eltern, mit einem Kinderbild von mir an der Wand – fragte mich Peggy: «Worüber habt ihr geredet?» Auf dem Bild stand mein Mund ein wenig offen, mein Kinn war spitz und der Rücken meiner geraden, flachen Nase bedeckt mit Sommersprossen. Meine Augen verschlangen mich, sie waren so entzückend klar, so vollkommen klarsichtig und ohne Vorwurf. Wir schienen vor diesem Blick vermählt zu sein. Unter dem Bild stand der Nachttisch und darauf eine Lampe mit einem gefältelten Plastikschirm, der bei gelegentlicher Berührung der heißen Glühbirne teilweise geschmolzen war, ferner ein eiserner Aschenbecher in der Gestalt eines Elefanten auf einem pfauenblauen Deckchen. In der geschlossenen Schublade, so stellte ich mir vor, lagen gebündelte Briefe, Momentaufnahmen, Zeugnisse und sorglich aufbewahrte Scheckbuch-Stummel. Auf dem Bord zwischen den Beinen des Nachttisches, dicht über dem Fußboden, ruhte, vernachlässigt und schwer wie ein Faß, die Familienbibel, ledern, mit Bünden und Goldschnitt, ein Erbstück von meines Vaters Vaters Vater. Früher hatte ich einmal meinen Namen auf der Stammtafel eingetragen.

Ich antwortete Peggy: «Über die Farm.»

«Was gab es zu bereden?»

«Ob man etwas davon verkaufen soll.»

«Was habt ihr beschlossen?»
«Es war schon beschlossen. Sie will nicht verkaufen.»
«Möchtest du, daß sie verkauft?»
«Nicht eigentlich.»
«Warum nicht?»
«Ich weiß nicht. Ich kann's nicht sagen. Hier bekomme ich immer Heuschnupfen.»
«Ich dachte, du wolltest sagen, hier bekämst du immer das Gruseln.»
«Das pflegte mein Vater zu sagen.»
Vom Fuß der Treppe rief mich die Stimme meiner Mutter mit schüchternem Ton, der bei ihr durchdringender war als lautes Gebrüll. Ich hatte bereits mein Hemd ausgezogen und legte es wieder an, ehe ich hinunterging.
«Die Hunde», sagte sie. «Könntest du das, was von der Wurst übriggeblieben ist, hinausbringen und einen Napf Wasser auf das Stroh stellen? Ich bitte nicht gern um etwas, aber wenn ich gehe, dann meinen sie, ich wolle sie rennen lassen, und, um die Wahrheit zu gestehen, ich glaube, ich habe heute ein bißchen des Guten zuviel getan.»
«Fühlst du dich komisch?»
«Absonderlich, wie Papa es genannt hätte.» Ich sah sie ängstlich an; sie stand im Wohnzimmer, gerade vor der Tür zur Küche, wie in einer flachen Schachtel. Eine einzelne trübe Glühbirne brannte in der Küche über dem Herd, und ihre Stirn hatte die metallische Tönung der Haut meines Großvaters in seinen letzten Tagen. Ihr dichtes Haar, dessen vorherrschendes Grau, vermengt mit dem restlichen Schwarz, im Auge einen bitteren Geschmack hinterließ, hing ihr strähnig in einer pyramidenartigen Masse um den Kopf. Mit aufgelöstem Haar war sie mir immer hexenhaft erschienen, seitdem ich als Kind ihr zugesehen hatte, wie sie sich in unserem Hintergarten in Olinger das Haar gebürstet hatte, damit die Vögel das, was ausfiel, in ihre Nester verarbeiten konnten. Abends, wenn sie es im Elternschlafzimmer bürstete, konnte ich von meinem Bett aus die blauen Funken springen sehen.

Ich fragte: «Sollte ich dir nicht Tabletten holen?» Sie trat einen kleinen Schritt vor, und ihre Schultern wirkten eigentümlich cremefarben in dem stärkeren Licht. Ein Träger ihres Nachthemdes hatte sich verschoben.

«Oh, ich habe welche hier. Pillen im Eisschrank, Pillen unter dem Kopfkissen –» Sie wechselte den Ton. «Mach dir keine Sorgen. Gib nur den Hunden Wasser und bring deine Frau zu Bett. Vielleicht wird es ihr kühl sein in der Nacht. Die alte Indianerdecke liegt in der dritten Schublade von Daddys Kommode. Ich werde mich besser fühlen, wenn ich mich hingelegt habe.»

«Schläfst du auf dem Sofa?»

«Das tue ich immer. Ich habe kaum mehr oben geschlafen, seit er – nicht mehr da ist.»

Ich versuchte zu lächeln und zuckte statt dessen die Achseln. Mit der Unvermitteltheit eines stechenden Schmerzes wandte sie mir ihren Rücken zu. Mein Vater war im vorigen Sommer gestorben.

Ich ging in die Dunkelheit hinaus. Die Verandafliesen waren warm und schmirgelartig unter meinen nackten Füßen, und der Tau danach war schneidend kalt. Der Ligusterstrauch kehrte dem Mond sein zweigespaltenes Antlitz zu. Fern zu meiner Linken stieß eine Eule ihre matronenhaften Rufe des Ekels oder der Trauer aus, und in noch weiterer Ferne wechselte auf der Landstraße ein schwerer Lastwagen mit wütendem Fauchen von einem Gang in den andern; beide Geräusche kamen aus derselben Richtung, der, in welcher der beinahe durchsichtige Streifen Waldes lag, unser Wald, zwischen der Farm und den an die Straße grenzenden Feldern, auf denen sich früher einmal die mennonitische Milchfarm befunden hatte und nun eine Wohnsiedlung zu sprießen begann. Zwischen diesen Bäumen streute meine Mutter den ganzen Winter über in Steinmulden und auf Baumstümpfen Sonnenblumenkerne für die Vögel. Und an diesem Waldkranz empfand sie den Druck der andringenden Welt am stärksten.

Die Hunde schienen froh, mich zu sehen, obwohl sie Fremden gegenüber sonst sehr ungebärdig waren; es war auch schon zu mehreren Bissen und einer Gerichtsverhandlung deswegen gekommen. Meine Mutter und ich mußten für ihre feinen Nasen den gleichen Geruch haben. Oder vielleicht spürten sie etwas von meinem Vater in mir. Es waren, abgesehen von dem jungen Collie-Hund, den meine Mutter von den Schoelkopfs übernommen hatte, weil er sonst umgebracht worden wäre, zwei Chow-Bastarde aus demselben Wurf. Die Mutter ihrer Mutter hatte ich sehr gut gekannt: Mizzi, meine Hündin, deren Zunge schwarz gefleckt wie ein Stiefmütterchen und deren schimmernd duftige Halskrause aus kupferbraunem Haar so zart wie die Samenköpfe des Löwenzahn gewesen war, und sie hatte so unproportioniert kleine und bewegliche Ohren gehabt und so zartgebaute Hinterläufe, die dann eines Julinachmittags in den Mäher des gemieteten Traktors geraten waren, den Schoelkopfs Sohn gefahren hatte, während ich fort im College war. Nach diesem Unfall – der Hund mußte erschossen werden – hatte meine Mutter unseren Traktor aus dritter Hand gekauft, selbst fahren gelernt und es auch meinem Vater und mir beigebracht. Mit unheimlicher Schweigsamkeit, als sei ihre Erwartung höher gestimmt als mir vernehmbar, preschten sie gegen meine Beine. Ich stellte den Wurstteller ab, behielt aber für den jungen Hund ein Stück zurück und warf es ihm abseits auf die Streu hin. Dann nahm ich, den Zwinger sorgsam hinter mir verriegelnd, den leeren Napf mit zur Veranda, pumpte ihn fast voll und wurde auf diese Weise selbst zu einem ländlichen Geräusch. Das quietschende Rattern eines Pumpenschwengels hallt in einer warmen klaren Nacht von Farm zu Farm. Nun wurde der Eule eintöniger Protest vom Geschrei des Ziegenmelkers übertönt. Ich stellte den überschwappenden Napf in den Zwinger zurück (Lichter tanzten in ihm und zerflossen; Hundeschnauzen fuhren darüber ungestüm zusammen), sah prüfend zur Scheibe des Mondes hinauf und dachte, er werde in der kommenden Nacht voll sein. Ich blieb einen Augenblick im Freien stehen und fühlte die Zeit dahinfließen, und beinahe dankbar kehrte ich in die Abgeschlossenheit des Hauses zurück.

Ich knipste das brennende Licht in der Küche aus. Im Wohnzimmer lag meine Mutter im Dunkeln. Ich ging zu ihr, obschon das Bewußtsein, daß Peggy oben wartete, an mir zerrte. Die unsichtbaren Erinnerungsstücke und Dinge um mich her schienen sich in einer so heftigen Erwartung zu ballen, wie sie die Votivgegenstände an einem Heiligenschrein erfüllen mag. Hier herrschte nicht der Geruch meiner Jugend, sondern der von Staub. Ich setzte mich in meiner Großmutter Schaukelstuhl, der sich unter meinem Gewicht ruckhaft nach hinten neigte, wie wenn sie, die Großmutter, mir hätte aus dem Wege springen wollen. Schweigen trat ein.

«Der Junge», sagte meine Mutter, «macht einen aufgeweckten Eindruck.»

«Ja, ich glaube, das ist er.»

«Es ist merkwürdig», fuhr sie fort, «weil seine Mutter diesen Eindruck nicht macht.»

Dieser Hieb traf mich in der Dunkelheit wie ein Kissen, das mir warm an den Kopf flog. Ich fühlte mich an dem Punkt angelangt, an dem ich vor Jahren, in eben diesem Raum, Joan im Stich gelassen hatte. Doch ich hatte Achtung vor dem Wahrheitssinn meiner Mutter – war darin gefangen. Meine Antwort war schwach. «Findest du?»

«Ich wundere mich über dich», fuhr meine Mutter mit ihrer in der horizontalen Lage tonlos gewordenen Stimme fort.

«Weshalb?»

«Daß du eine dumme Frau nötig hast, um dir Selbstvertrauen zu geben.»

«Du weißt nichts von ihr. Du möchtest nichts wissen.»

«Ich weiß, was zu wissen ich nicht umhin kann. Ich sehe meinen Sohn an und sehe einen Mann, den sein Vater nicht wiedererkennen würde.»

«Laß ihn aus dem Spiel. Hör zu.» Ich flüsterte zischend; ich stand auf, und der von meiner Last befreite Schaukelstuhl neigte sich nach vorn und schlug gegen meine Waden. «Du hast mir eine Ehe vergiftet, und ich möchte, daß du diese in Frieden läßt. Sei höflich zu meiner Frau. Sie hätte nicht herzukommen brauchen. Sie hatte Angst zu kommen. Du hast uns gebeten zu kommen. Nun, hier sind wir.»

Sie lachte – ich hatte diesen raschen Laut der Fröhlichkeit vergessen, den sie einatmend hervorbrachte und mit dem sie das Unerwartete zu begrüßen pflegte. «Ich wollte nur sagen», erwiderte sie, «daß der Verstand des Jungen vom Vater stammen muß.»

«Das kann ich nicht beurteilen. Ich bin dem Vater nur ein einziges Mal begegnet.»

Sie seufzte.

«Nichts für ungut, Joey. Ich bin nur ein altes verrücktes Weib, das zu lange mit niemandem als den Hunden geredet hat. Ich dachte, ich könnte mit meinem Sohn reden, aber das kommt mir anscheinend nicht zu.»

Diese Taktik der Selbstanklage war mir, obschon vertraut, noch immer fürchterlich. Meine Verärgerung löste sich in eine schwärzliche Mischung aus Pathos und Clownerie, und um nicht mit ihr am Ende noch zu konspirieren, verließ ich sie. «Ich muß gute Nacht sagen.»

«Schlaf fest, Joey.»

«Angenehme Träume, wie Großvater zu sagen pflegte.»

«Angenehme Träume.»

Ich ging aus dem Wohnzimmer, wo das Mondlicht diebisch die Nippsachen und Silberkanten aufzugreifen begonnen hatte, und tastete mich die kühle Farmhaustreppe hinauf. Richard atmete ruhig. Ich fuhr ihm mit dem Fingerspitzen über die Schläfen. In New York würde ich ihm gleich die Haare schneiden lassen müssen. Als ich unser Schlafzimmer betrat, kam mir seine Dunkelheit wie die Kehrseite einer geschärften Sichtbarkeit vor; gleichsam blind fühlte ich mich beobachtet durch die blauen Scheiben der beiden Fenster, die auf die mondbeschienene Wiese zeigten. In dem hinteren Fenster leuchtete, verzerrt durch eine Schliere im Glas, wie etwas strahlend über einer Meeresbucht Schwebendes, das rote Licht des Fernsehsendeturms, der unlängst, in ein Drahtnetz versponnen, nahe der Autobahn errichtet worden war. Unter dem schwachen Druck des fernen Lichtes löste sich der Raum in seine Bestandteile auf: Fenster, Kaminsims, Kommode, Spiegel, Bett. Die Bettpfosten erschienen als Silhouetten, deren ananasförmige Knöpfe mondsichelartig in eine dritte Dimension aufquollen; aber der Raum des Bettes selbst war vollkommen dunkel: ein üppiger Hiatus, ein samtiger See, zwischen bleichen Andeutungen tiefer Fensterbänke. Ich berührte einen Stuhl und zog mich neben ihm aus. «Wo ist mein Pyjama?»

Der geheimnisvolle Raum des Bettes knarrte, und Peggy fragte: «Willst du ihn denn anziehen?»

«Wird es warm genug sein?»

«Probier's doch.»

Als ich ins Bett gekrochen war, fragte sie: «Was ist geschehen?»

«Nicht viel.»

«Du zitterst wie ein junger Hund. Spielst du Theater?»

Ich fand und ergriff ihre Handgelenke und nagelte sie fest, wie um zu verhindern, daß sie von dem fortrolle, was ich zu sagen hatte; und während mein Körper halb auf dem ihren lag und unsere Gesichter einander so nahe kamen, daß ich den feuchten Atem ihres Mundes spürte und an dem weißen Glanz ihrer Augen sah, daß sie mich anstarrte, sprach ich in sie hinein: «Ich bin fünfunddreißig, und ich habe die Hölle durchgemacht, und ich sehe nicht ein, warum diese alte Frau solche Gewalt über mich haben soll. Es ist lächerlich. Es ist nichtswürdig.»

«Sagte sie etwas über mich?»

«Nein.»

«Doch.»

«Laß uns schlafen.»

«Möchtest du?»

«Bist du nicht zu müde?»

Ihre Antwort kam nicht in Worten. Worte gelangen gnädig zu einem Ende.

Meine Frau ist weit, weithüftig großflächig, und von oben betrachtet vermittelt sie den Eindruck eines Terrains, eines Gutes, dessen Besitz in meinem eigenen Leib ein süßes Dehnen bewirkt; wenn man in sie eintritt, bietet sie eine Mannigfaltigkeit von Landschaften dar; sie erscheint bald als das schneeige Wogen flockiger Baumwollfelder, gesehen durch das maurische Arabeskenwerk eines schmiedeeisernen Balkongitters; bald als ausgespanntes Tafelland, das inmitten von Herbstlichkeit und malerischem Ocker dahinträumt; bald als ein graues französisches Schloß, das sich weitläufig an einen steilen grünen Berg mit bastionsähnlichen Terrassen lehnt; bald als eine Art Antarktis; und dann wieder als eine zurückweichende Tallandschaft aus schwarzen und purpurnen Tönen, wo ein gemächlicher Strom unsichtbar zwischen schattigen Ufern dahinfließt, an denen nie gekostete Weinreben stehen. Wie ein Himmel, verhalten und kühl, hängt – schwebt, steht, *ist* – ist über allem die Ahnung ihres Bewußtseins, ihrer Gesammeltheit, einer unparteiischen Zeugenschaft, die mich vor klaustrophoben Anwandlungen bewahrt während meiner Talfahrt, gleichgültig, wie tief diese führe. In Joan hatte ich dies nie empfunden, diesen Himmel. Mir war zumute gewesen, als müsse ich jeden Augenblick ersticken in ihr. Sie schien, wie ich selber, ein Abenteurer, der hilflos durch dunkle Bereiche irrt, über die das Licht, zurückgestaut, nur konvulsivisch hereinbricht. Die heikle Reise konnte erst nach mancherlei Vorbereitungen unternommen werden, und dann kam es zu einem rätselhaften Kriechen, dessen Ausgang keineswegs gewiß war. Mit Peggy andererseits fege, gleite ich dahin, bin frei, und diese Freiheit ist mir, nachdem ich sie einmal leichtfertig, verbotenermaßen, gekostet habe, zu etwas Unerläßlichem geworden wie Sauerstoff, der Brennstoff einer Kraft, die ernster zu nehmen ist als die der Schwere.

«Können wir schlafen?»

«Das Schweigen ist so laut.»

«In der Kommode liegt eine Indianerdecke. Soll ich sie holen?»

«Brauchst du sie?»

«Nicht, wenn du bei mir bleibst.»

«Nanu. Ich überlegte mir gerade, warum ich vorhin gesagt habe, du seist wie ein junger Hund. Du hast einen komischen Hundegeruch an dir vom Füttern. Als Bauernbursch gefällst du mir.»

«Wie reizend du bist. Ich liebe deinen Spalt.»

«Lieb ihn, lieb mich.»

«Wenn du darauf bestehst.» Ich glitt in den Schlaf hinüber.

Meine Mutter hatte mir angenehme Träume gewünscht. In dieser Nacht hatte ich – zum zehnten Mal vielleicht – jene kleine Traumvision, die meinem schlafenden Geist erstmals in den Tagen gekommen war, da sich meine wachen Gedanken mit der Möglichkeit einer Scheidung und Wiederverheiratung zu befassen begannen. Ich war zu Hause auf der Farm. Ich stand an der Hausfront und blickte über die Weinlaube, an der die Trauben noch so grün wie die Blätter waren, zu den Schlafzimmerfenstern hinauf, wie ein kleiner Junge, der seinen Spielkameraden besuchen möchte, sich aber nicht getraut anzuklopfen. Ihr Gesicht erschien im Fenster, verschleiert hinter der Fliegengaze. Peggy trug ein loses, orangefarbenes Nachthemd, das ich gern an ihr sah und das ihr ein wenig über die Schulter gerutscht war, und während sie sich vorbeugte, um mich durch das Fliegennetz zu rufen, lächelte sie bezaubernd. Sie war so glücklich hier, so voll Freude in dieser fremden Umgebung, so verliebt in die Farm und so begierig, mir mit der Sonne ihrer Gegenwart die elenden Jahre zu vergelten, die ich hier verbracht hatte. Ihr Lächeln besagte, ich solle heraufkommen; sein Strahlen setzte unsere Geschichte voraus, eine Geschichte der Furcht, des Kummers, vorsätzlicher Roheit, und zog deren Summe; bewußt brachte es, durch sich selbst, von anderswo Vergebung – und es war so fröhlich. Niemals war es auf der Farm so fröhlich gewesen.

Ich erwachte, und wie es bisweilen geschieht, war der Unterschied zwischen Traum und Wirklichkeit der einer bloßen Transposition. Ich war im Schlafzimmer, und Peggys Stimme war von unten zu hören. Helligkeit drang herein; der Schein der Morgensonne lag, gedämpft durch das Fliegennetz, schräg auf den breiten Fensterbänken. Verborgene Hände hatten die Indianerdecke über mich gebreitet. Mein Knabenbild lächelte undeutlich von der Wand herab, und mein weicher Hemdkragen verschmolz, dank einem einstmals beliebten Dunkelkammerkniff, mit dem Weiß des fotografischen Grundes. Die Stimmen unten kreisten unverständlich um Zentren des Lachens. Ich fand in einem leeren Schrank ein paar Drillichhosen meines Vaters, die mir zu groß waren. Durch Hochkrempeln der Umschläge und Zusammenschüren des Bundes mit Hilfe meines Gürtels machte ich sie passend. In der einen Tasche fand ich einen Nagel, den mein Vater zu irgendeinem Zweck umgebogen hatte.

Nach Jahren «primitiven Lebens», wie mein Vater es nannte, hatten wir unter dem Zwang der letzten Krankheit meines Großvaters aus der früheren Nähstube oben ein Badezimmer gemacht. Die Einrichtungen wirkten miniaturhaft, und die Toilette spülte mit einer Gemächlichkeit, die nichts gemein hatte mit dem harten Gestrudel städtischer Installationen. Auf dem einen Fensterbrett, das den Toilettenschrank ersetzte, lag neben der bunten Sammlung von Tablettenröhrchen meiner Mutter und den einigermaßen peinlichen hygienischen Utensilien, die Peggy ausgepackt hatte, noch immer meines Vaters Rasierapparat. Von schwererer Bauart als die heutigen, hatte er eine türkisfarbene Grünspanpatina angenommen. Der Kopf ließ sich durch Schrauben in sandwichartige Komponenten zerlegen; die Klinge war die Wurstscheibe dazwischen. Ich legte eine Klinge von mir ein und rasierte mich; es kratzte und brannte, und gleich meinem Vater schnitt ich mich am Kieferwinkel. Der Schnitt und das Blut und der Schmerz hatten etwas Befriedigendes, und ich erinnerte mich des komisch verschämten Lächelns, mit dem mein Vater herunterzukommen pflegte, während ihm noch die Seifenschaumreste wie Zotteln an den Ohren hingen. Ungeschicklichkeit beim Rasieren war eines der vielen kleinen Mittel der Selbstverunglimpfung gewesen, mit denen mein Vater das Gespenst der Armut zu bannen versucht hatte. Ich hatte das früher nicht begriffen. Ich war nie so weit unter seine Haut vorgedrungen wie jetzt. Immer beim Erwachen am ersten Morgen zu Hause herrscht in mir eine belebende, gleichmütig stimmende Ungewißheit darüber, wer ich eigentlich bin.

In dem Zimmer, in dem Richard geschlafen hatte, war die modische, steife Fotografie Joans durch das Tageslicht in dieselbe Ebene der Entrücktheit eingewalzt worden wie mein Knabenbild; zehn Jahre verblaßten im gleichen Maß wie dreißig unter der drängenden Gegenwart dieses wolkenlosen Morgens. Unten, auf den gelbbraunen Küchendielen, die von Hundekrallen zerschrammt und verkratzt waren, lag, ausgebreitet wie eine papierene goldene Matte vor der mit ihrem einen großen Fenster durch die Laube auf die Wiese blickenden Tür, ein vom leise zitternden Schatten der Weinblätter gesprenkelter Sonnenrhombus. Dieser Flecken Sonnenschein hatte gerade in der gleichen Gestalt auch vor zwanzig Jahren hier gelegen, Morgen für Morgen.

Peggy machte Pfannkuchen. Richard und meine Mutter saßen am Tisch. Der Junge aß Getreideflocken, und meine Mutter trank Kaffee. Etwas in der bedächtigen Art, mit der sie die Tasse hielt, verdunkelte mir die andern, wiewohl Peggy lächelnd aufblickte und Richard munter daherschwatzte. Er erzählte die Handlung der utopischen Romangeschichte, mit der er sich in Schlaf gelesen hatte. Peggy hatte sich Zöpfe geflochten. Ihr langes, im Sommer rotes, im Winter kastanienbraunes Haar, das eine Mähne oder ein Bienenkorb sein kann, ein Lehrerinnenknäuel oder ein ins Gesicht fallender bardotesker Wuschel, war in zwei dicke, starre Schwänze geflochten und wurde von Gummibändern zusammengehalten. Ich fragte mich, ob meine Mutter diese Haartracht verwegen oder anmaßend oder herablassend finde. Der Duft von Pfannkuchen hing in der Luft wie ein noch nicht empfangenes Geschenk, und Richard schien mit sich selbst zu reden: «... und da war dieser eine Mensch, der allein in der weiten Welt übriggeblieben war und der über die warme Asche kroch in dem Versuch, ans Meer zu gelangen.»

Peggy fragte mich: «Wo hast du bloß diese ausgebeulten Hosen aufgetrieben?»

«Du hast dich geschnitten», sagte meine Mutter. Ihre Stimme hatte etwas Eintöniges gleich dem Grau des Himmels an einem Tag, an dem es regnen wird.

«Ich habe mich mit Daddys Apparat rasiert.»

«Wie komisch. Warum nur?»

Hatte ich etwas angerichtet, ein Heiligtum entweiht? «Er sah so einsam aus», sagte ich, «wie er dort lag.»

Meine Mutter wandte den Kopf ab und befreite mich vom Druck einer drohenden Gefahr, die ich von dort gespürt hatte. Ihre Stimme verlor das Gespannte, wurde schweifend.

«Ich sollte ihn fortwerfen, aber ich mag die Farbe, die er angenommen hat.»

Ich trat mutig vor. «Wer ist die hübsche Sklavin, die Pfannkuchen macht?»

«Ist sie nicht patent? Sie hat eine Packung Pfannkuchenmehl entdeckt, die ich ganz vergessen hatte. Und sie riechen so gut.»

«Mein Vater», sagte Richard, «kann furchtbar dünne machen, nur aus Mehl und Wasser, über einem Lagerfeuer.»

«Er scheint sehr patent zu sein», sagte meine Mutter.

Ich sagte zu Richard: «Was war das für eine Geschichte, die du vorhin erzählt hast von warmer Asche?»

Peggy rief über einem Schwall neuerlichen Zischens und Brutzelns: «Für eine Geschichte, die man vor dem Einschlafen liest, klingt sie reichlich gruselig.»

«Es hat einen Atomkrieg gegeben oder etwas Derartiges», sagte Richard. «Man erfährt es nie genau, und da ist dieser einzelne Mann, der letzte Mensch auf dem Planet Erde, der über die radioaktive Wüste kriecht, um irgendwo hinzugelangen; und dann gewahrt man, daß er ans Meer zu kommen sucht. Er hört es murmeln.»

«Hörtest du», fragte mich meine Mutter, «die Hunde bellen, gegen drei Uhr in der Frühe? Es muß ein Reh in der Nähe gewesen sein. Oder Schoelkopfs Beagle ist plötzlich läufig geworden.»

«Kann das so plötzlich geschehen?» fragte Peggy.

Ich sagte: «Nein, ich habe durchgeschlafen. Das tue ich immer, Mutter; du weißt es doch. Ich bin ein Junge im Wachsen.»

«Bei allem wache ich jetzt auf», sagte sie. «Sogar euer Bett machte Lärm letzte Nacht.»

«Vielleicht sollten wir einen Schalldämpfer dafür kaufen.»

Peggy sagte: «Richard, er kriecht also zum Meer...»

«Verzeih, Richard», sagte meine Mutter. «Sag es uns.»

«Er gelangt zum Meer und legte sich darin nieder und schickt sich an zu sterben mit einem Gefühl großer Erleichterung, denn er hat die Vorstellung, daß, wenn er im Meer stürbe, die Zellen seines Leibes weiterleben und die Basis für neues Leben bilden würden, womit die Entwicklungsgeschichte von vorn begänne.»

«Ich muß deiner Mutter recht geben», sagte meine Mutter. «Für die Lektüre vor dem Schlafen ist das eine zu schreckliche Geschichte.»

«Wer möchte Pfannkuchen?» fragte Peggy. «Sie werden kalt.»

«Das ist nicht das *Ende*», beharrte Richard, und die Stimme seiner Mutter klang in seinem beflissenen Ton an. «Die Pointe, das wirklich Gute, kommt erst im letzten Satz, wenn er sich ins Wasser legt und aufschaut und die Sterne sieht, aber in völlig anderen Bildern, als wir sie jetzt sehen! Die ganze Zeit hatte man gedacht, es geschähe alles in der Zukunft, während es in Wirklichkeit Äonen und Äonen vor unserer Zeit spielt.»

«Ich verstehe das mit den Sternen nicht», sagte Peggy, während sie forsch die Teller hinstellte und dann mit ihren geschickten bloßen Händen die Pfannkuchen unter uns verteilte.

«Ich auch nicht, Peggy», sagte meine Mutter. «Ich dachte, die Sterne seien fix.»

«Mom, sei nicht so dumm», sagte Richard. «Die Sterne ändern ihre Position unentwegt, aber so langsam, daß wir's nicht merken. Eines Tages wird Arcturus der Polarstern sein.»

«Sei nicht vorlaut.»

«Ich bin nicht vorlaut.»

«Ich erinnere mich, die Geschichte gelesen zu haben», sagte ich. «Worauf sie hinausläuft, ist dies, daß wir alle, eingeschlossen die Dinosaurier und Wanzen und Eichbäume, von jenem einen Menschen abstammen. Richard, hast du nicht mitunter abends, wenn du eben einschlafen willst, das Gefühl, du seist entsetzlich groß? Deine Finger kilometerdick?»

«Das habe ich oft», sagte er. «Es ist unheimlich. Ich habe irgendwo eine vernünftige Erklärung dafür gelesen, weiß aber nicht mehr wo. Vielleicht im *Scientific American*.»

«Nun, so muß sich der Mensch gefühlt haben, der da sterbend im Wasser lag, meinst du nicht?»

«Ich glaube», sagte Richard, beunruhigt, daß das Phantasiegespinst des Buches, das ausschließlich ihm zu gehören schien, vom wirklichen Leben annektiert worden war.

«Ich finde, es war nett von dem Mann», sagte meine Mutter, «derart um seine Nachkommen besorgt zu sein. Peggy, die sind aber gut. Ich soll mich mit Kohlehydraten allerdings in acht nehmen.»

«Essen Sie nur soviel Sie können. Es ist noch tonnenweise Teig da.»

«Ich werde *platzen*!» rief meine Mutter, und ich mußte lachen, denn gewiß dachte sie, sie solle auf raffinierte Weise umgebracht werden.

Nach dem Frühstück gingen sie und ich hinaus, um den Traktor anzulassen. Es war bereits zehn Uhr. Die Zeit hatte auf der Farm immer eine dem Griff sich entziehende Elastizität gehabt. Als Junge konnte es mir geschehen, daß es – wenn mir der Rücken naß von Schweiß war und die Augen brannten von der angestrengten Suche nach roten Punkten unter grünen Blättern und ich, mit vier Pfund-Kästen auf dem rechten Arm und zwei weiteren in der linken Hand, nach stundenlangem Hocken über endlosen Reihen dichten, heimlichen Grüns, vom Erdbeerfeld durch den Obstgarten herabkam – auf der Kaminuhr (sie mußte stehengeblieben sein, und da ich mir einbildete, es gebe – wie im Lied – zwischen ihr und dem Herzen meines Großvaters eine Beziehung, erfaßte mich eine plötzliche Angst, er könnte gestorben sein) erst halb zehn war und der Tag kaum begonnen hatte. Und gleich am selben Tag (wie viele solcher Tage hatte es nicht gegeben) – ich hatte nur eben einen Blick in eine Illustrierte geworfen, um die Verdauung des hastig von meiner Großmutter zusammengekochten Mittagessens zu fördern – blickte ich vom Sofa auf und sah schon den staubigen Chevrolet des Postboten an unserem Briefkasten, halb im Schatten der Scheune, halten; denn es war mit einem Schlag hoher Nachmittag.

Nun schienen der Tag und die Felder, die er barg, über uns hereinbrechen zu wollen wie eine Sturzsee, und der Traktor schlief noch immer. Meine Mutter versuchte, sich zu beeilen, und hob ihre Hand an die Brust, da ihr der Atem ausging. Bei Tageslicht sah man, wie arg der Rasen von Wegerich und Fingergras überwuchert war.

Der Traktor, ein altertümliches graues Fordmodell mit einer schmalen Motorhaube, die an eine Mauleselschnauze erinnerte, stand früher unter dem gemütlichen Dachvorsprung, den meine Mutter eines Tages hatte abreißen lassen. Dort, auf dem mit Strohhalmen besäten Erdboden und den ausgetretenen Steinen des Scheunenhofes, war er zwar vor Regen geschützt, doch noch immer dem Wind ausgesetzt gewesen, der an nassen Tagen prickelnde Imitationen des Regengusses hereintrieb. Dieser überdachte Raum hatte für mich, als ich jung war, eine köstlich wilde Heimlichkeit gehabt; die Hiebe des Breitbeils, mit dem die Pfosten und Balken ringsumher geglättet worden waren, klangen mir noch im Ohr, und der Traktor, der mit abkühlendem Motor leise tickte, wurde mir beinahe zu einem lebenden Gefährten, der gerade mit mir zugeschaut hatte, wie meine Mutter beim Lauf zum Haus im strömenden Regen meinen Vater überholt hatte.

Nun stand der Traktor in einem der Ställe, wo die sonnenlose Luft nach Miststaub roch. Meine Mutter tastete im Futtertrog nach der Ölkanne und schmierte die Lager des Traktors mit einem hohl knackenden Geräusch, ähnlich dem eines mechanischen Saugens. Ich klappte die Motorhaube auf und fütterte ihn mit Treibstoff. Das Dieselöl, das lavendelblau aus dem Behälter schoß, wurde, dank irgendeiner Alchemie der Schatten, goldbraun im Tank, und der Kanister gebärdete sich, während sein Inhalt ausfloß, wie eine widerspenstige, singende Spule in meinen Händen. Meine Mutter traute sich mit ihren schwindenden Kräften diese Arbeit nicht mehr zu. Doch sie ließ den Motor an. Mit erstaunlicher Behendigkeit setzte sie einen Fuß auf das Trittbrett, packte das Lenkrad mit dem krümeligen Gummibelag und schwang ihren schweren Leib auf den Eisensattel. Es stimmte allerdings, daß ich, nach Art meines Vaters, dazu neigte, angesichts eines so verzwickten Rätsels, wie eine versagende Batterie, eine nur vermutungsweise regulierbare Drosselklappe und eine unberechenbare Treibstoffpumpe es einem aufgeben, den Motor ersaufen zu lassen und den Kopf zu verlieren. Aber meine Mutter hatte das zupackende Feingefühl der für Technik Blinden, und alsbald kam die vorsintflutliche Maschinerie puckernd zum Leben. Ihr Gedonner ließ die Schwalben in das blaue Himmelsviereck aufstieben, das sich, da der Dachvorsprung abgerissen war, bis an die Stalltür herangeschoben hatte.

Zufrieden überließ sie mir den Sattel. Das Metall fühlte sich warm an. Ich übte mich mit den Pedalen, drehte den Gashebel auf Mittelstellung, ließ die Kupplung kommen und preschte wie ein Ungetüm ins Freie. Meine Mutter schrie, und ich zerrte an dem Hebel, der den schweren Mäher über die Steine des Hofes hob. Hinter mir wackelte und krachte es, als ich schwankend auf den Rasen hinauffuhr.

Peggy und Richard standen, als ich vorüberfuhr, auf der Veranda: eine Ein-Mann-Parade – ein alternder Akteur mit ergrauendem Haar und dem schlappen Körper eines Städters, der sich auf groteske Weise von einer jugendlichen Rolle fortreißen läßt. Sie wirkten wie zurückgedrängt duch meinen Erfolg. Ich winkte ihnen und hätte angehalten, doch meine Herrschaft über den Motor war noch nicht instinktiv, und ich hätte ihn dabei sehr leicht abwürgen können. Im Gefühl meiner mühelosen Stärke fuhr ich, eine Hemisphäre hinter mir herschleppend, den Rasenabhang hinan, über den steinigen Pfad, auf den Fahrweg, am Briefkasten vorüber, zum oberen Feld. Die großen Räder drehten sich so langsam, daß ich, hinabblickend, die einzelnen Wülste des Reifenprofils unterscheiden konnte, die heraufzogen wie die Spitzen einer anrückenden Armee. Ich war nicht mit Traktoren großgeworden; darum erschienen sie mir wunderbar. Werden aus ihren armseligen kleinen Motoren durch parabolische Übersetzungen Quellen unerschöpflicher Kraft, so gipfelt andererseits eben diese Kraft in vollendeter Sanftheit, in einem Gefühl erhabenen Getragenwerdens von einer großen Gefälligkeit.

Auf dem Feld angelangt, brachte ich den Mäher zum Einsatz. Der Traktor, der sich bei jeder Vertiefung dem unebenen Boden anschmiegte, folgte willig der ihm von mir angezeigten Richtung und hielt pflanzenfressend auf die fernen Seen wilder Möhren zu. Gras schlug gegen die Metallkanten an meinen Füßen. Das Mahlen und Knirschen nistete sich in meinen Ohren ein und wurde zu Tönungen der Stille. Der hinter dem Traktor herlaufende Mäher zog eine geschnittene Kiellinie nach, breit wie ein Laken. Schwalben, die sich in den fliehenden Insektenschwärmen tummelten, flitzten um mich her wie Möwen, die ein Schiff begleiten. Das Feld war groß, doch gerade die Langsamkeit meines Mähens – meine Mutter hatte mich gelehrt, den dritten Gang zu nehmen, während mein Vater im vierten zu mähen pflegte und dann gefährlich ins Hopsen und Schlittern kam – verkleinerte es, bürgte dafür, daß ich, wenn ich erst einmal die ferne Linie des Gestrüpps aus Sumach und Ailanthus erreicht hätte, welches das große Feld von dem Feld dahinter trennte, ebenso unbeirrbar wieder zurückkehren würde. Meiner Mutter Methode beim Mähen war die des Umarmens. Sie fuhr an den Rändern hin und rückte mit einer langsamen, eckigen Spiralbewegung vor, bis schließlich nur noch ein kleiner Fleck in der Mitte übrigblieb, ein Dreieck hohen Grases oder ein Sanduhrgebilde, das sich in zwei Dreiecke teilte, ehe es ganz verschwand. Meine Methode war es, in ekstatisch geradem Vorstoß das Feld mitten durchzuschlitzen und dann die beiden Hälften zu schmälern, indem ich einmal an dieser, einmal an jener schnippelte und mich in großangelegten Flankenmanövern oder minutiösen Säuberungsaktionen erging. Ich ahmte den Krieg nach, sie die Liebe. Am Ende sahen unsere gemähten Felder gleich aus, nur daß ihres mehr struppige Stellen aufwies, überall dort nämlich, wo sie den Mäher über ein von ihr entdecktes Fasanennest emporgehoben oder einen Flecken besonders leuchtender Wiesenblumen ausgespart hatte.

Schwarzäugige Susannen, weißes Berufkraut, Leinkraut, Goldrute, Löwenmaul – sie flogen wie mit geschlossenen Beinen in die Höhe springende Tänzerinnen an den Traktorrädern vorüber. Streublumenketten wirbelten gleich Milchstraßensystemen zu meiner Rechten auf, von der Drehung der Räder zu Konstellationen zusammengefügt, und blieben als trocknendes Futter zu meiner Linken liegen. Mückenschwärme bildeten stehende Wolken in der Luft, die durch mein Dazwischenkommen zwar aufgeregt wurden, mir aber nicht folgten, sondern ihre in sich selbst kreisenden Konversationen wiederaufnahmen. Grillen sprangen knackend vor den Rädern fort; Schmetterlinge schweiften durch ihr taumelndes Universum und irrten ruckweise über das flachliegende Gras hin, wie die Hände einer stummen Konkubine bebend den Leichnam ihres riesenhaften Liebhabers betastet. Die Sonne stieg höher. Die Blechhaube erhielt einen Strahlenkranz von Hitzewellen, die sichtbar und verzerrend die Pirschbewegung des Fahrzeugs nachzeichneten. Am Leib des Traktors klebten Schaumfetzen, und ich, hin und her schaukelnd auf dem wie eine Frauenhüfte geformten Eisensattel, ich entdeckte – so allein in der Natur und verborgen unter dem strahlenden Himmelszelt wie unter dem Schirm der Mitternacht, so aufgeregt auch von dem Zerstörungswerk – ein Schwellen in mir, dem ich nicht wehrte in Gedanken an Peggy, meine Frau, die ein Feld ist.

Ein Flecken österlichen Rots, meine Mutter, erschien auf dem Fahrweg, als ich am hinteren Rand des Feldes wendete. Ich fuhr weiter den Streifen entlang, den ich soeben mähte, und hielt dabei auf sie zu. Es war beinahe Mittag. Das Haar auf meinem Schädel fühlte sich wie Heu an, und ich begann plötzlich, unaufhaltsam zu niesen; jeder Kubikfuß Atmosphäre schien vollgestopft mit durchsichtigem Blütenstaub und, da mir der Blick verschwamm, zerhackte ich beinahe zwei Wachteln, die unter meinen Rädern hervor in die Luft aufschossen. Ich hatte zunächst nicht bemerkt, daß meine Mutter von Peggy und Richard begleitet wurde wie auch von den Hunden, die sie in großen Kreisen freudig umtollten. Ich hielt vor ihnen an und schaltete die Zündung ab. Meine Mutter sagte: «Du armes Kind, war es den ganzen Morgen so schlimm?»

«Was?»

«Dein Heuschnupfen.»

«Es fing erst an, als ich euch kommen sah.»

«Als du uns kommen sahst?» Sie wandte sich Peggy zu und sagte: «Er behauptet, es sei psychosomatisch.»

Peggy hatte mir Limonade gebracht in einem jener altmodischen Einmachgläser mit einem Drahthenkel. Während ich es ihr abnahm, ließ ich unsere Fingerspitzen einander berühren, sah aber keine Veränderung in ihrem Gesichtsausdruck, der munter und wachsam war. Sie trug weiße Shorts und eine gelbe, ärmellose Bluse, die dort, wo die Ränder die transpirierende Haut rieben, dunkel geworden war. Als ich das Limonadenglas absetzte, leckte sie sich in einer Anwandlung einfühlender Teilnahme, die Angst zu verraten schien, gleichfalls die Oberlippe, auf der ein Bärtchen von Schweißtropfen stand. Sie reagierte nicht auf die Bemerkung meiner Mutter, sondern schien sich auf mich zu konzentrieren, als besinne sie sich, wo wir uns schon begegnet seien.

Ich fragte sie: «Was hast du den ganzen Vormittag getan? Ist es Tischzeit?»

Meine Mutter sagte: «Du bist erst eine Stunde hier draußen. Wir haben das Frühstücksgeschirr fortgeräumt und machen nun mit den Hunden den verabredeten Spaziergang um die Farm. Kommst du mit?»

«Ich muß mähen.»

«Du hast schon eine ganze Menge fertiggebracht. Welchen Gang nimmst du?»

«Den dritten.»

«Paßt du auch auf Vogelnester auf?»

«Ich habe noch keines gesehen.»

«Ich sah dich zwei Wachteln aufscheuchen. An wie viele Steine bist du gestoßen?»

«Oben an der Ecke habe ich einen angekratzt.»

«Den großen. Daddy hat stets ein Stück davon mitgenommen. Man sollte denken, daß er unterdessen dem Erdboden gleich sein müßte.»

Richard sagte: «Traktoren sind langsam, nicht wahr?» Dem Gesicht meiner Mutter sah ich an, daß sie etwas Anspruchsvolles zu sagen gedachte. Sie erklärte Richard: «Und zwar deshalb, weil sie wie Sterbende sind. Sie haben ihre Füße am Boden und nicht auf den Gipfeln.» Sie versuchte, den Angelhaken ihres Todes in mich einzusenken.

Richards Gesicht bekam einen leeren Ausdruck. Ich ärgerte mich über meine Mutter, weil sie ihn verwirrt hatte. «Würdest du ihn gerne fahren?» Diese unglückselige Frage entstammte nicht allein einem Impuls des Maßregelns, der Rache an meiner Mutter. Ich halte mich für einen schwachen Menschen; meine Schwäche äußert sich unter anderem in dem Wunsche, meine Mitmenschen begreifen zu lassen, was ihnen zu haben ansteht und was nicht. Den Druck des Unausgesprochenen ertrage ich nur in sehr engen Grenzen. Während sich meine Mutter zu Hause fühlt in dem Reich der Andeutungen, wo alles korrigierbar ist.

Richards Stimme bekam keck einen tieferen Klang. «Allerdings würde ich das.»

«Ganz ausgeschlossen.»

Wäre Peggys Einspruch weniger rasch gekommen, meine Mutter hätte vielleicht nicht Richards Partei ergriffen. «Aber», sagte sie, «Sammy Schoelkopf ist doch auch schon Traktor gefahren, als er kaum halb so alt wie Richard war und nicht entfernt so klug.»

«Ja, und er schnitt Mizzi die Beine ab», sagte ich.

«Als ich mit meinem Vater zelten war, ließ er mich auch das Motorboot auf dem See steuern.»

«Ganz ausgeschlossen.»

«Mutter wird es schon am besten wissen, Richard», sagte meine Mutter zu dem Jungen. Zu mir sagte sie und prüfte, wie fest der Haken saß: «Möchtest du nicht mit uns um das Anwesen herumgehen? Ich fürchte, du bekommst einen Sonnenstich.»

«Nein, ich werde bis zum Mittagessen mähen.» Ich wollte mähen, und meine Mutter sollte Peggy näher kennenlernen: so lautete unsere Abmachung. Ich verlangte von den drei andern, daß sie sich zusammentäten und mich ausließen. Ich fürchtete, ich würde mich verlieren unter ihren wirren Ängsten vor einander, und hoffte, als meiner Mutter verletzter Blick von mir sich abwandte und Peggys Lippen sich spitzten, daß der Verdruß über mich Einigkeit unter ihnen stiften werde. Sie gingen davon, behutsam über die Stoppeln steigend. Peggy trug Sandalen, die die Füße seitlich ungeschützt ließen, und meine Mutter suchte mit geneigtem Kopf mein Werk nach Fehlern ab, nach zerstörten Nestern und zerfleischten Vögeln. Richard begann im Kreis zu rennen wie die Hunde und nach den Flocken der Gänsedistelsamen zu haschen, die mit den Kohlweißlingen durch die Lüfte segelten. Ich stellte voll Stolz fest, daß beide Frauen hochgewachsen und breit waren. Es schien ein Zeichen großen Reichtums, daß ich mir leisten konnte, ihnen eine Abfuhr zu erteilen, und dieses Vermögen steigerte noch den Triumph des Dahingleitens zwischen den unbeirrbaren Rädern, die alles unbotmäßige Geblüm auf die Fläche eines gemähten Feldes einebneten.

Nach fünf oder sechs Runden sah ich sie aus dem Wald heraustreten, farbige Flecken, und sich ruckhaft auf das Haus zubewegen, den Kamm des Hanges entlang, der sich den Fundamenten des verlassenen Tabakschuppens zuneigte. Umherspringende Hunde, ein dahintrapsendes Kind, schwerfällig gehende Frauen: das langsame Schwenken meines Traktors, währenddessen ich sie beobachtete, gab mir das Gefühl, ich ziehe ihre Zügel fester an.

Gegen Mittag begann der Himmel, gleichsam ermattend, luftigen, bläulich durchsichtigen Wolken Raum zu geben. Eine aufkommende Brise ließ den Schweiß auf der einen Seite meines Körpers mit kühlender Geschwindigkeit trocknen. Das grüne Heu nahm einen öligen Ton an, als kleine Wolken, eine um die andere, es in Schatten tauchten, und der Himmel hinter dem Wald hatte jenen Akzent grämlicher Unverwüstlichkeit, wie ihn Tapeten, die lange hinter einem Sofa verborgen gewesen, den Packern beim Umziehen enthüllen. Zwei zusammengeschrumpfte rechteckige Armeen ungeschnittenen Grases standen mir, zwanzig Traktorenbreiten voneinander entfernt, noch immer gegenüber, als Richard den Weg heraufkam, um mich zum Essen zu rufen.

An der Ecke des Feldes auf der anderen Seite des Weges, der Ecke des kleinen oberen Feldes also, stand ein großer alter Birnbaum, der wie eine gezauste Fontäne aussah. Er hatte viel dürres, nutzloses Holz und konzentrierte seine ganze Fruchtbarkeit auf die wenigen überlebenden Äste; die dichthängenden Birnen fielen, noch unreif, in Mengen herab. Ich parkte den Traktor im Schatten des Baumes, auf Gras, das besät war mit wurmig würzigen Früchten.

Richard und ich gingen zusammen den Fahrweg hinunter. Die Drillichhose meines Vaters fühlte sich hart an beim Gehen, meine prickelnden Handflächen waren grau von dem heißen Gummi des Lenkrades, mein Blick hatte etwas Starres – alles angenehme Empfindungen, Beweise dafür, daß etwas getan worden ist, wie meine eigentliche Arbeit sie mir nie gibt. Ich fragte Richard: «Wie war der Spaziergang?»

«Interessant. Wir sahen ein Waldmurmeltier und eine seltene Drosselart. Deine Mutter kennt sie alle bei Namen.»

«So wie du die Yankee-Baseballmannschaft.»

«Ja, aber die stehen in der Zeitung.»

«Das ist der Unterschied. Ich glaube, meine Mutter hat allerlei Naturkundebücher, nach denen du sie fragen kannst, wenn du möchtest.»

«Gut.»

«Ich vermochte nie, die Bilder in Einklang zu bringen mit den wirklichen Dingen. Es ist das Ideale im Gegensatz zum Realen.»

«Da handelt es sich um ein altes philosophisches Problem.»

«Oder einfach um miserable Abbildungen.»

«Heute morgen habe ich in der Sammlung da von einem Muti gelesen, das ist die Abkürzung von Mutierter. Es war zu einem Atomkrieg gekommen –»

«Schon wieder einem?»

«Es ist eine andere Geschichte. Diesmal überleben eine ganze Menge Menschen; aber die Strahlen bringen die genetischen Formen durcheinander, und die meisten Kinder kommen als Mißgeburten zur Welt, weshalb sie Mutierte genannt werden. Die meisten sind Fehlentwicklungen, aber einige sind Verbesserungen, Menschen mit vier Händen und so weiter. Es klingt verrückt –»

«Nein, gar nicht.»

«Die Geschichte handelt von einem Jungen mit einem gigantischen Intelligenzquotienten, der mit achtzehn Monaten das Lexikon durchliest, um die Sprache zu erlernen.»

«Aber vermochte er dann die Worte mit den wirklichen Dingen in Einklang zu bringen?»

Richard nahm meinen Scherz ernst. «Ich habe die Geschichte noch nicht zu Ende gelesen, sie ist siebenundachtzig Seiten lang.» Wir gingen einige Schritte schweigend nebeneinander her durch den Staub des Weges. Er sagte schließlich: «Mein Vater hat einen hohen Intelligenzquotienten.»

«Wie gefiel deiner Mutter der Spaziergang?»

«Gut, denke ich. Sie ermahnte mich, keine Steine zu werfen, und deine Mutter meinte, solange ich sie nicht nach etwas Lebendem würfe, sei nichts dagegen einzuwenden.»

«Zankten sich deine Mutter und meine Mutter?»
«Hm?»
«Meinst du, sie kommen miteinander aus?»
«Als wir ins Haus zurückkehrten, sagte deine Mutter zu meiner Mutter, es wäre gut, wenn sie sich die Füße mit Schmierseife wüsche, sonst bekäme sie Geschwüre.»
«Das klingt nicht nach Streit.»
«Das habe ich auch nicht gesagt.»
Uns blieb noch eine Minute für unser Zusammensein, ehe der Rasen überquert und die hintere Veranda erreicht war. Ich sagte zu ihm: «Heute nachmittag will ich sehen, daß ich meinen alten Baseballschläger wiederfinde, und dann können wir ein bißchen üben. Früher pflegte ich einen Tennisball gegen die Scheunenwand zu schlagen und dann zu versuchen, ihn aufzufangen, ehe er auf dem Boden aufsprang. Sprang er einmal auf, war es ein Single, und so weiter.»
«Man kann sich eine Menge Spiele für sich selbst ausdenken, wenn man muß.»
«Ich mußte es. Du bist nahezu der erste Spielkamerad, den ich je hier hatte.»
«Und Charlie?»
«Meine eigenen Kinder nicht gerechnet.»
«Offengestanden würde ich dir lieber mähen helfen», sagte Richard.
«Wir wollen es besprechen.»
Wir langten bei der Pumpe an. Wie schön Wasser ist! Nichts, weder das Stillen der Lust noch das Sichten von Land, befriedigt ein tieferes Wesen in uns als das Löschen des Durstes. Ich trank aus dem blechernen Meßbecher, den meine Mutter einmal auf der Bank stehengelassen hatte und der, durch die Zeit geheiligt, zu einem Inventarstück geworden war. Seine kalibrierte Wand wurde an meinen Lippen zu einer Grotte, über der mein Atem rasselte und aus der kaltes Quellwasser sprang. Gegen meine geschlossenen Lider drängte der blaue Himmel als ein roter an. Ich wäre mit Wonne ertrunken. Meine Dankbarkeit gegen die Elemente begleitete mich ins Haus und

schloß die Frauen ein, die in der Küche das Mittagessen bereiteten. Peggys Zöpfe waren aufgelöst; ihr Haar hing offen herab. Ihre nackten, frisch gewaschenen Füße ließen nasse Spuren auf dem Boden zurück. Im Verwandtschaftsverhältnis, wie die Hausarbeit es schafft, war meine Mutter zur gelehrigen, blöderen Schwester geworden. Sie verteilte die Matten-Sets, während Peggy mit bloßen hurtigen Händen Käsescheiben und Bologneser Wurst auf einer ovalen blauen Platte zurechtlegte. Die Platte stammte aus einem Service, das meine Mutter Teller für Teller von den Damenabenden am Dienstag im Kino zu Olinger vor dem Krieg mitgebracht hatte. Das Haus meiner Mutter war insofern merkwürdig, als die Dinge hier ewig hielten; nie wurde Geschirr zerschlagen. Ich spürte, wie sie zusammenzuckte, als Peggy schneidig die Teller und Gläser auf die Setmatten knallte.

Meine Mutter räusperte sich und sagte: «Als ich in jene Fallschirmfabrik ging, war da ein rothaariges Mädchen, das neben mir arbeitete und drei Fallschirme schneiderte, wenn ich einen zustande brachte. Als die D-Tag-Invasion kam, sagte man uns, wir sollten uns an den Händen fassen und beten, und ihre Hand zu fassen war, wie wenn man einen Vogel hält; ihr wißt, wie so ein Vogelherz pocht und wie trocken und fiebrig das Tier sich anfühlt. Kein Wunder, wenn sie so schnell nähte. Es erschreckte mich geradezu.»

Peggy lachte. «Vielleicht erschreckten *Sie* die andere nicht weniger.»

Meine Mutter hob die Schultern und zog ihre Augenbrauen hoch, so wie mein Großvater zu tun pflegte, wenn ihm einer Kontra gab. «Um die Wahrheit zu sagen, ich glaube, das tat ich wirklich. Sie hatte vermutlich, ehe sie mich kennenlernte, keine Ahnung gehabt, daß es Menschen gab, die sich so ungeschickt anstellten. Sie sagte mir einmal, erinnere ich mich, sie habe mich für eine Immigrantin gehalten. Als sie mich zum erstenmal gesehen, habe sie gemeint, ich sei eine Ausländerin, und sei überrascht gewesen, daß ich so gut Englisch sprach.»

Richard lachte, vielleicht zu prompt, und in dem Bestreben

zu vermitteln, fragte ich: «Was ist eigentlich aus ihr geworden?»

Meine Mutter sagte: «Das habe ich mich oft gefragt. Ich fürchte, nichts Gutes. Sie hatte ein Kind und keinen Mann und war noch nicht neunzehn Jahre alt. Bei einem solchen Puls mußte es ein schlimmes Ende mit ihr nehmen. Wie bei einem verletzten Sperling ging er zu rasch.» Der Gesichtsausdruck meiner Mutter beunruhigte mich, und ich gewahrte, daß sie sich angewöhnt hatte, am Ende eines Satzes Kulleraugen zu machen, so wie es die alten Leute in Pennsylvanien tun. Bei meinem Großvater war dieses rhetorische Mittel noch verstärkt worden durch die dicken Linsen seiner Starbrille.

«Die Suppe steht auf dem Tisch», sagte Peggy und schöpfte aus. Dampf quoll an ihren Armen hinauf und vermischte sich mit ihrem Haar. Sie stellte den Topf krachend auf den Herd zurück, und wir setzten uns an den Tisch. Es gab Hühnersuppe mit Reis.

Da ich meines Vaters Platz einnahm, fragte ich Peggy väterlich: «Hast du dir heute morgen die Farm angeschaut?»

«Sie ist herrlich», sagte sie und wandte sich ein wenig herum, um meine Mutter in die Unterhaltung einzubeziehen. «Es ist mir lieb, daß ich nun ihre Grenzen kenne. Gestern abend erschien sie mir riesig, aber bei Tage gesehen, wirkt sie nicht gar so groß.»

«Eben groß genug», sagte meine Mutter und nickte eifrig mit dem Kopf, wie um Peggys Bemerkung zu bestätigen, ehe sie unterging. «Eben die richtige Größe. Ich glaube nicht, daß es Gottes *Absicht* war, die Menschen auf *weniger* als achtzig Morgen Land leben zu lassen.»

«Nach der Statistik tun es die meisten», sagte Richard. «Ich weiß», sagte meine Mutter zu ihm. «Daran zu denken kann einen traurig stimmen. Ich weiß nicht, warum ich so glücklich bin. Sicherlich verdiene ich es nicht.» Sie wartete auf Widerspruch.

«Im Jahr einundzwanzighundert», sagte Richard, «wird jedermann ungefähr ein Quadratmeter bleiben, um darauf zu stehen, die Wüsten und Berggipfel miteingerechnet.»

«Ich *weiß*», sagte meine Mutter, und im Innern scheute ich zurück vor ihrem fanatisch gesteigerten Ton. «Ich *sehe* es kommen. Man sieht es in Alton; die Menschen dort bilden Ecken aus, damit sie ihr Quadratmeterchen auch unterbringen. Die Menschen sollten *rund* sein.»

Richard sagte: «Kürzlich habe ich eine Geschichte gelesen, in der die Menschen wie Kegel geformt und die Türen alle dreieckig waren.»

«Plato sagt», erklärte meine Mutter dem Jungen, «Gott habe die Menschen vollkommen rund geschaffen, mit vier Armen und vier Beinen und zwei Köpfen, und sie seien mit unglaublicher Geschwindigkeit überall hingerollt. Ja, die Menschen seien so glücklich und mächtig gewesen, daß Gott schließlich eifersüchtig auf sie wurde und sie in zwei Hälften spaltete, mit einem kleinen Unterschied, damit jedermann Ausschau halte nach seiner anderen Hälfte. Das ist dann die Liebe.»

«Was war das für ein Unterschied?» fragte Richard.

Meine Mutter sagte: «Es ist ein sehr kleiner Unterschied.»

«Meinen Sie den Penis?»

Das Wort war in meiner Jugend nie verwandt worden; es hatte statt dessen – sonderbare Erinnerung – das Unwort ‹Animul› gegeben. Ich erinnere mich noch daran, wie meine Mutter sagte, als mein Vater und ich uns morgens anzogen und sie noch im Bett lag: «Meine Männer haben solch große Animule.» Ich hatte das Gefühl, ihre gespielte Furcht sei zum Teil echt, was absurd war, da mein Ding nicht einmal Daumengröße besaß und ich nie auf meines Vaters sah. Richard hatte meine Mutter schockiert. Sie sagte zu ihm: «Ja.»

«Da sind auch noch psychologische Unterschiede», erklärte ihm Peggy.

Meine Mutter, die sich gern in ihren eigenen Ausschmükkungen erging, sagte: «An die habe ich nie geglaubt. Ich bin ein ungehobeltes Wesen. Ich glaube nur an das, was ich sehen oder fühlen kann.»

«Und an Gott», sagte Richard.

In ihrer Verblüffung neigte meine Mutter den Kopf vor, und um der Geste einen praktischen Sinn zu geben, nahm sie sich noch eine Scheibe Bologneser Wurst.

«Gott?» – «Ja. Wir sprachen darüber, ehe wir herkamen. *Er*» – das war ich – «sagte, Sie glaubten an Gott.»

«Und du nicht?»

Richard sah uns, Peggy und mich, hilfesuchend an; doch kam ihm die Hilfe von meiner Mutter. Sie sagte: «Ich sehe und berühre Gott die ganze Zeit.» Der froschartige Glanz der Faszination kehrte in seine Augen zurück, als er sie ansah. Sie fuhr fort: «Wenn ich ihn hier auf der Farm nicht berühren und sehen könnte, wenn ich in New York wohnte, ich weiß nicht, ob ich dann an ihn glauben würde. Weißt du, deshalb ist es so wichtig, daß die Farm erhalten bleibt. Die Menschen würden sonst vergessen, daß es noch etwas anderes als Steine und Glas und Untergrundbahnen gibt.»

«In Nebraska gibt es Farmen genug», sagte Richard.

«Ich wohne nicht in Nebraska.»

«Wir haben eine Menge Farmen gesehen, als wir über die Autobahn fuhren.»

«An jenen Farmen liegt mir nichts. Mir liegt an *meiner* Farm.»

Das Kind lokalisierte mit schweigender Anstrengung, bei der ihm die Lippen dünn wurden, das Problem richtig, nämlich nicht in einem die ganze Nation betreffenden Schwinden des Farmlandes, sondern in meiner Mutter persönlich. Er kehrte – in leichter Abwandlung – zu seiner ursprünglichen Frage zurück. «Wozu können Sie die Farm gebrauchen?»

Meine Mutter deutete auf mich. «Er sagt, einen Golfplatz anzulegen kommt zu teuer.»

«Dort, wo mein Vater mit mir hinfuhr, gab es noch eine Menge unkultiviertes Land, das als Vogelschutzgebiet erhalten wurde. Aber es war ein See dabei.»

«Wir können das hier», sagte meine Mutter, «ein *Menschen*schutzgebiet nennen.»

Wie im Begriff zu lachen, entblößte Richard die Zähne mit der hübschen Lücke zwischen den vordersten, aber kein Laut drang hervor.

«Ein Ort», fuhr meine Mutter fort, «wo die Menschen hinkommen und Flüchtlinge sein können wie ich, für eine Stunde oder zwei, wo sie sich die Ecken abstoßen und versuchen können, wieder rund zu sein.»

Der schwülstige Scharfsinn, der mit seinem verzweifelten Unterton den Jungen in Bann hielt, wurde unerträglich pathetisch und ärgerte mich. «Mutter», sagte ich, «du übertreibst wirklich die Landknappheit. Wenn du je mit einem Flugzeug reisen würdest, könntest du sehen, wieviel Land noch da ist. Das Land ist solange billig, wie die Menschen nichts aus ihm machen.»

«Sei still», sagte sie. «Richard und ich planen ein Menschenschutzgebiet. Ich werde Eintrittskarten verkaufen oben am Birnbaum, und er ist der Aufseher und markiert die Kranken, die vernichtet werden sollen.»

«Was für ein komisches Schutzgebiet», sagte Peggy. «Ganz wie ein Konzentrationslager.»

«Peggy», sagte meine Mutter, deren Augen plötzlich voller Tränen standen und das Licht reflektierten, «man muß es den Menschen sagen, wenn sie nicht mehr imstande sind zu leben. Sie sollten es nicht erst selber erraten müssen, weil sich niemand das selbst eingestehen kann.» Und sie erhob sich vom Tisch, verließ die Küche, schlug hinter sich die Fliegentür zu, und ihre rote Bluse stach grell vom Grün der Wiese ab.

Während des ganzen Nachmittags mehrten sich die Anzeichen eines Unwetters. Die durchsichtigen Wolken entwickelten opake Bäuche und wurden von einem aufkommenden Wind quer über den Himmel getrieben. Von meinem majestätischen Traktor aus bewunderte ich – was ich vergessen –, wie dramatisch die Wolken in diesem Hügelland sein können. Bündel von Sonnenstrahlen, Schatten und Dämpfen strömten erdwärts aus Kumuluszitadellen, die geradezu strategisch über den illusorischen Himmelskontinent verteilt waren; das Schauspiel vollzog sich gleichsam im hohen Stil der Weltgeschichte; das Verjagen, das Schwinden und Verbinden von Wolkentypen gemahnte an politische Situationen – schmächtige Zirren spielten die Aristokraten, ein demagogischer Donnerkeil erhob sich gegen ein Parlament von Schäferwolken. Der Unmuts- oder Schmerzensausbruch meiner Mutter hing schwer über dem Nachmittag. Nachdem die Tür zugeschlagen war, hatte Peggy gefragt: «Habe ich etwas gesagt?»

«Hast du? Ich weiß es nicht.»

«Was habe ich denn gesagt?»

«Wohl gar nichts. Du sagtest nur, was du dachtest.»

«Durfte ich das nicht? Mir wollte scheinen, sie habe es bewußt persönlich aufgefaßt.»

«Bei meiner Mutter ist alles persönlich.»

«Hätte sie nicht das eine übelgenommen, so gewiß etwas anderes, das ich sagte. Sie schaltet mit ihrem Unmut nach Belieben. Sie gebraucht ihn als Waffe.»

«Wenn man so krank ist wie sie, greift man zu jeder Waffe, die sich einem bietet.»

Richard fragte: «Soll ich gehen und sie fragen, warum sie böse ist?»

«Wenn du möchtest», sagte ich, verdutzt und gerührt von seinem Anerbieten. In seinem Alter hatte ich mich als der Friedensstifter in der Familie gefühlt; ja, diese Rolle hatte ich erst zu spielen aufgehört, als mein Vater starb. «Sie redet gern mit dir über die Farm.»

«Ich höre ihr auch gern zu. Mit gefällt es hier.» Er blickte zu Peggy hinüber und drehte sich um; und die Fliegentür knallte abermals – nun hinter ihm – ins Schloß.

Peggy, die das Geschirr abzuräumen begann, fragte mich: «Was soll ich tun?»

«Was meinst du?»

«Ich meine, was ich *tun* soll, tun, heute nachmittag. Tun, um diesen grauenhaften Besuch hinter mich zu bringen.»

«Tu, wozu du Lust hast. Lies ein Buch. Nimm ein Sonnenbad.» Ein Riß in einer Wolkenkoalition ließ eine Flut von Sonnenlicht sich über das Grün ergießen, das durch die Fensterscheibe der Hintertür zu sehen war: das Gras unter den Obstbäumen, ein Stück buschigen Rasens um zwei Tretsteine, der überhängende Ast eines Walnußbaumes, ein fahler Hortensienbusch, der schon vor Monaten verblüht war.

«Ich weiß nicht», sagte sie und strich sich das Haar aus dem Gesicht, «mir erscheint das hier alles gar zu kompliziert.»

Ich sagte: «Zu kompliziert *wofür*? Versuch es doch einmal mit etwas Takt.» Den Zorn in meiner Stimme wußte ich mir nicht zu erklären.

Richards Gesicht erschien an der Fliegentür und rief herein: «Mutter, ich gehe mit Mrs. Robinson hacken. Sie will mir zeigen, was Unkraut ist. Wir sind im Garten oberhalb des Obststückes.»

«Hol dir keinen Sonnenstich.»

Das Gesicht meiner Mutter tauchte in der Fliegentür über dem Richards auf. Hinter dem Drahtnetz war es beinahe ausdruckslos, der Kopf einer aus dem Meer gezogenen Göttin. «Sei mir nicht böse, Peggy», rief sie herein. «Du hast ganz recht mit dem Konzentrationslager. Das ist mein teutonischer Ordnungssinn. Stell nur die Teller aufeinander. Ich räume sie nachher schon fort.» Ihre Schritte entfernten sich.

Als Peggy über mich weg nach einem Teller langte, streichelte ich ihre Brust, die durch das Strecken ihres Körpers klein geworden war, und sagte: «Endlich allein. Komm ins Bett.»

«Du riechst nach Heu», sagte sie. «Ich müßte niesen.» Ich fühlte in ihrem Körper eine ablehnende Gespanntheit und verließ sie, um unter den Wolken weiterzumähen.

Die Idylle des Mähens erschlaffte mit dem Tag, der langsam seinen Fortgang nahm. Als die Mitte des Nachmittags erreicht zu sein schien, ging ich hinunter zur Veranda, um einen Schluck Wasser zu trinken, und entdeckte in dem leeren Haus, daß die tickende Uhr erst zehn Minuten nach zwei zeigte. Das Geschirr war gespült und aufgeräumt. Hinter dem Haus, in dem Seitengarten, wo das Gras immer besonders weich war und am leichtesten zu mähen, lag Peggy in ihrem Bikini auf der indianischen Decke und schlief.

«Schläfst du?»

«Nein.»

«Bist du glücklich?»

«Soso.»

«Wo ist meine Mutter und dein Sohn?»

«Jäten sie nicht?»

«Im Garten habe ich niemanden gesehen.»

«Sie müssen irgendwo sein.»

«Hast du die ganze Zeit nicht mit ihnen geredet?»

«Ich bin gerade vor einer halben Stunde hier herausgekommen. Ich habe das Geschirr abgewaschen und geputzt. In allen Ecken sind Spinnweben. Macht sie nie rein?»

«Ihre Mutter hat's immer mit großer Energie getan; ich glaube, darum ist's ihr nie zur Gewohnheit geworden.»

«Warum entschuldigst du sie fortgesetzt?»

«Es ist keine Entschuldigung. Es ist eine vernünftige Erklärung, wie Richard sagen würde.»

Meine Frau, die auf dem Bauch gelegen hatte, das Haar über den Kopf nach vorn geworfen, als stürze sie durch den leeren Raum, drehte sich herum, so daß ihr Bauch aufleuchtete in der Sonne, und warf einen flaumigen Arm über ihre Augen. Ihre Lippen teilten sich unter dem Anprall der Sonnenstrahlen auf ihrer Haut. Ich sagte: «Ich liebe dich.»

Ihre Schenkel waren weit genug gespreizt, um einzelne Löckchen ihres bernsteinfarbenen Schamhaares zu enthüllen. Ihr schöner Leib, dessen Nacktheit kaum von den zusammengeknoteten Fleckchen getüpfelten Mauves unterbrochen wurde, zuckte wie der Körper eines zimperlichen Kindes, das man berührt hat. Ich wagte sie nicht zu berühren. Sie sprach, ohne den Arm von den Augen zu heben. «Nun, ich merke hier nicht viel davon. Du bist so – wie soll ich's nennen? – *beschäf-*

tigt. Du machst solch ein Gefühlsgetue um uns und verschlimmerst nur alles.»

«Ich wußte gar nicht, daß es schlimm ist.»

«Allerdings ist es schlimm; du hast es selbst nicht anders erwartet.»

«Richard scheint sich gut zu amüsieren.»

«Sie hofiert ihn, um mir eins auszuwischen. Gleichviel, ich brauche Zigaretten, und ich hab meine Regel.»

«Hast du Tampax dabei?»

«Nein, auch das brauche ich. Ich bin vor der Zeit und habe nichts mitgebracht.»

«Vielleicht hat meine Mutter welches.»

«Solch ein Wunder ist sie wohl doch nicht, Süßer.»

Ich errötete, denn ich hatte mich nur der Tage vor zehn Jahren erinnert, da Joan vor demselben Problem gestanden und sich von meiner Mutter welches ausgeliehen hatte. Als Kind in Olinger war ich einmal gescholten worden, weil ich mir mit diesen weißen Fernrohren am Papierkorb zu schaffen machte. Begossen stand ich da in meines Vaters ausgebeulten Hosen, verspürte aber gleichwohl das königliche Verlangen, Peggy ein Kind zu geben und auf diese Weise ihr Blut zu stillen. Ich sagte: «Ich werde ihr erklären, wir müßten eine Einkaufsexpedition starten. Überdies benötigen wir wahrscheinlich auch noch Lebensmittel.»

«Ich meine, wir seien an einem kleinen Laden vorübergekommen, ungefähr eine Meile vor der Abzweigung eures Weges.»

«Das war der Hartzsche Laden. Es sind Mennoniten, und sie führen keine Zigaretten. Die nächsten Zigaretten gibt es fünf Meilen entfernt in Richtung Alton, bei Potteiger in Galilee.»

«Galilee?»

Ihre Wiederholung übte einen Zauber auf mich aus. Die Welt wurde zu einer von Licht überlaufenden Tasse. Ich blickte auf und war bestürzt, die Wiese und die dazwischenstehenden Bäume (eine junge Robinie, einen schwarzen Nußbaum, eine Blautanne, die einmal nicht größer gewesen war als ich) und das Gras des Rasens durchtränkt von einer glitzernden Stille zu sehen, einem vollkommenen visuellen Schweigen gleich einer Achtelpause im Fluß der Begebenheiten; jedes wächserne Blatt und jeder versilberte Halm fing so präzis das Licht der verhängten Augustsonne auf, daß mein Herz doppelt schlug, wie durchbohrt. Dann wurde ich des Insekten- und Vogelsanges inne, der eine beständige Unterströmung des ländlichen Schweigens ist, und das Bild vor meinen Augen zerfiel sacht.

Die Sonne verzog sich. Peggy hielt weiter den Arm über ihre Augen. Das Auto des Postboten kam den Weg herauf und wirbelte eine Wolke roten Staubes auf. Ich rannte zum Briefkasten, aber es war nichts darinnen als eine Werbedrucksache von Boxholder und ein an meine Mutter adressiertes Fenstercouvert von Dr. I. A. Graaf. Meine Mutter und Richard kamen vom äußersten Ende des Obstgartens herab. Sie waren an der oberen Waldspitze gewesen, zwischen unserem Land und den zerwühlten Feldern, die der neuen Landhäuser harrten. Ich ging schräg durch den unteren Obstgarten, um meiner Mutter die Post zu bringen und mit ihr zu besprechen, was alles aus dem Laden mitzubringen sei.

«Wir haben gerade Fuchsexkremente gesehen», verkündete Richard. «Sie sind dunkler und dünner als die des Waldmurmeltiers.»

«Die Füchse nehmen wieder überhand», sagte meine Mutter. «Sie lösen sich periodisch mit den Fasanen ab, und wir sind jetzt in einer Fuchsphase. Vor fünf Jahren kamen die Fasane noch bis an die Hintertür.» Sie blinzelte nach der Stelle neben dem Haus hinunter, wo Peggy lag. «Ich hoffe nur, Sammy Schoelkopf hat nicht sein Fernglas zur Hand.»

«Ich habe ihr geraten, ein Sonnenbad zu nehmen», sagte ich. «Sie hat das ganze Geschirr gespült und das Wohnzimmer abgestaubt.»

«Schön», sagte meine Mutter, leise lachend und zurückweichend vor meinem scharfen Ton. «Schön. Ich bin ganz für Natur, je mehr, desto besser.»

«Wir brauchen Zigaretten.»

«Ich dachte, du hättest das Rauchen aufgesteckt.»
«Habe ich auch. Aber Peggy braucht welche.»
«Du solltest ihr sagen, Tabak mache die Zähne braun.»
«Mutter inhaliert doch nicht», sagte Richard. «Mein Vater lacht immer über die Art, wie sie raucht.»
«Wann sieht er sie denn, daß er über sie lachen kann?» fragte ich.
«Wenn er kommt, um mich zu holen oder zurückzubringen.»
«Peggy braucht auch», sagte ich zu meiner Mutter, «etwas Frauliches.»
«Ach?»
«Jemand muß also einkaufen gehen. Fährst du noch so gerne Auto?»
«Ich fahre nur noch, wenn ich muß. Seit Juni habe ich Angst, ich könnte einen Anfall bekommen. Mit einem Knall von hier zu scheiden, würde mich nicht weiter stören, aber für die anderen Wagen eine Gefahr darzustellen wäre nicht nett.»
«Gut, ich werde selbst fahren. Brauchen wir Lebensmittel?»
«Wahrscheinlich. Laß mich im Eisschrank nachschauen und mit Peggy sprechen.»
Daß sie «Eisschrank» sagte, wiewohl es ein Kühlschrank war, ließ mich zurück an Olinger denken, die Kinderwelt, in der der simpelste Ausflug etwas Aufregendes hatte. Ich sagte zu ihr: «Stelle eine Expedition zusammen. Jeder, der möchte, kann mitkommen. Ich mähe noch, bis ihr fertig seid.»
Meine Mutter legte mir die Hand auf die Stirn, um zu prüfen, ob ich Fieber hätte. «Übernimm dich nicht. Vergiß nicht, daß du nun ein Städter bist.»
«Manchmal, wenn er mich zurückbrachte», sagte Richard zu mir, voll unschuldigen Stolzes, daß er nicht vernachlässigt worden war, «blieb er über Nacht und frühstückte mit uns.»
Sie gingen weiter zum Haus. Meine Mutter bückte sich, um eine Hacke aus dem Gras aufzulesen. Peggy erhob sich von ihrer Decke, um sie zu begrüßen. Ich stellte mir den hurenhaften kleinen Hüftschwung vor, mit dem sie sich aufrichten

würde, und das hochmütige Zurückwerfen ihres Haares. Ich war ihrem ersten Mann nur einmal begegnet, in New Haven, als wir Richard bei ihm abholten, auf unserer Rückreise aus den Flitterwochen im kanadischen Truro – vierzehn Tage, von denen zehn verregnet waren. Die zerfallenden Stufen an den Sandklippen des äußeren Strandes waren mir wie eine Jakobsleiter erschienen, und die Mannigfaltigkeit der geglätteten Kiesel war schier wunderbar gewesen; der nieselnde Dunst ließ unsere Leiber undeutlich werden, außer für uns selber, und ich war unsinnig glücklich, so glücklich, daß mein Herz die Schranken zu sprengen schien, die der Freude gesetzt sind, und hinauszuwandern begann, während Peggy neben mir einschlief in unserem gemieteten, kleinen, von Regengemurmel erfüllten Ferienhaus, das mit Rohrsesseln und Kriegsausgaben von Detektivromanen und als Aschenbecher dienenden Venusmuscheln ausgestattet war – hinauszuwandern in die Trostlosigkeit, die sich um uns schließt und in der alle Dinge notwendig enden. Unsere kurze Pacht lief ab. Richards Vater – sie nannte ihn immer McCabe, sie gebrauchte nie seinen Vornamen – war stellvertretender Dekan einer Fakultät an der Yale University. Obschon ich darauf gefaßt gewesen war, ihn hassen zu müssen, stellte ich zu meiner Verwirrung fest, daß ich ihn sympathisch fand. Nicht größer als Peggy, von rötlichem Typus, schüchtern und mit beginnender Glatze, hatte er das unsichere, aber adrette Aussehen eines geborenen Akademikers. Meine Mutter hatte sich gewünscht, daß ich ein Dichter würde oder doch ein Lehrer; am Ende hatte ich ihre Erwartungen enttäuscht. Hier in McCabe stand ich dem gegenüber, was ich hätte werden können. Er besaß eine unnatürliche physische Jugendlichkeit. Tennis und Squash hatten ihm präzise, elastische Bewegungen gegeben. Das sonderbare Rot seiner sehr hübschen Lippen wirkte wie etwas Vampirisches auf mich, als sauge er seinen Studenten das Blut aus. Sein Lächeln hatte etwas berufsmäßig Promptes. Die Schneidezähne standen bei ihm wie bei Richard angenehm weit auseinander, und seine Augen, die von einem tiefen, verschleierten, humorlosen Braun waren, schienen bereit, eines Kindes ganze Traurigkeit in sich aufzunehmen. Die Gewohnheit des Befragens, die als unheimliche Aufmerksamkeit auch in seine Unterhaltung mit uns einging, verriet sich, sobald Peggy nervös die Stimme hob, durch eine spielerische Einwärtsdrehung seiner Handgelenke in den Hemdmanschetten. Sein Benehmen der einstigen Ehefrau gegenüber war liebevoll und vernünftig, aber gleichwohl überlegen und behutsam.

Nach dieser Begegnung drängte es mich, genauer zu erfahren, wer sich hier von wem hatte scheiden lassen. Nach allem, was ich gehört, hatte Peggy den Entschluß gefaßt, hatte Peggy darauf bestanden, hatte Peggy sich freigekämpft; doch aus dem humorlosen Glanz in Professor McCabes runden braunen Augen hatte ich einen verwirrend gegenteiligen Eindruck gewonnen, der noch verstärkt wurde durch seinen verblüffend emphatischen Händedruck beim Abschied. Es schien allzuviel in diesen Augenblick der Berührung hineingedrängt werden zu sollen – Bedauern, Vergebung, konkurrierende Selbstbestätigung, eine gewisse Erleichterung bei meinem Anblick, Dankbarkeit, Haß oder was? Ich konnte nie aus ihr herausbringen, was an ihm auszusetzen war. *Wir paßten einfach wesensmäßig nicht zusammen. Ich fühlte es als erste, und McCabe war so nett, mir beizupflichten.* Aber was genau mißfiel dir an ihm? War er grausam? Stieg er anderen Frauen nach? *Nein, nicht eigentlich.* Nicht eigentlich? *Erst als ich ihn dazu trieb.* Du triebst ihn dazu? *Anfangs nicht bewußt.* Sie strich ihr Haar zurück. Oder war er impotent? *Das bestimmt nicht. Sei nicht albern, Joey.* Ihr Widerspruch wirkte übertrieben, schien ein fühlloser Reflex, mechanisch angeeignet durch die Gewohnheit der Selbstrechtfertigung. Ich hatte sie keineswegs gebeten, mir zu versichern, daß sie einander nie geliebt hätten. Oder hatte ich? Aber woran ließ er's dann fehlen dir gegenüber? *Ich weiß nicht. Ich kann's nicht ausdrücken. Er gab mir nicht genügend das Gefühl, Frau zu sein.* Und ich gebe es dir? *O ja.* Aber wie? *Du handelst, als besäßest du mich. Es ist wundervoll. Es ist nicht etwas, das ein Mann mit Bedacht zu tun vermag. Er tut es ein-*

fach. Und er nicht? *Er war eingebildet und schüchtern. Ich war ihm eine Last. Er hing an seinen Büchern und an anderen Männern.* Ist das der Grund, weshalb er sich nicht wieder verheiratet hat? Alles, was sie hierauf zu sagen hatte, war: Ja. Sie sagte aber: *Das, und wahrscheinlich,* fügte sie munter hinzu, *meint er, er sei noch immer in mich verliebt.*

Die Wolken, die ihre Scheidung umgaben, wurden zu den Wolken, unter denen ich mähend dahinfuhr. Der Himmel, der mir als eine Nation von Zitadellen und eine Arena politischer Manöver erschienen, war im Begriff, die Anatomie einer toten Ehe zu entblößen: ein heller Arm schien sich schlafend über eine verrenkte Brust zu legen; düstere Ballungen von Regenwolken ließen an Rechtsanwälte denken, die sich in den Haaren liegen; Peggys schneidende Stimme erhob sich allzu scharf gegen ein fünfeckiges Stück Himmelsbläue. Ich wehrte mich gegen den von meiner Mutter atmosphärisch in mir wachgerufenen Gedanken, daß ich ein Narr, daß McCabes Haltung mir gegenüber eine des Mitleids und der Belustigung gewesen sei. Wenn sie nach ihrer Trennung, ihrer Scheidung mit ihm geschlafen, konnte das nur bedeuten, daß sie ihn zurückbegehrt hatte und daß er am Ende doch nicht gekommen war.

Ein Horn tutete.

Meine Mutter kam mit dem alten Chevrolet meines Vaters die Straße heraufgefahren. Ich stellte den Traktor im Freien ab und klopfte mir die Spreu vom Hemd. Richard saß vorn im Wagen neben ihr. Ich fragte: «Wo ist Peggy?»

«Sie hat sich entschlossen, nicht mitzukommen. Sie hätte sich erst umziehen müssen.»

«Hast du sie auch nett gefragt?»

«Sehr nett, nicht wahr, Richard?» Meine Mutter rückte zur Seite, damit ich fahren könne.

«Sie sagte», teilte Richard mit, «sie würde ebenso gerne dableiben, wenn wir sie nicht brauchten.»

Ich traute ihnen beiden nicht. «Wie unfreundlich. Es wird ihr doch nichts zustoßen, so allein?»

«Meine Güte», sagte meine Mutter, «wir bleiben eben fünfzehn Minuten fort. Sie hat die Hunde zum Schutz. Ich bin hier Tag für Tag allein gewesen sieben Jahre lang und Nacht für Nacht während eines Jahres und bin nie angefallen worden.»

«Aber –»

«Ich hätte auch nicht so viel zu bieten, wolltest du sagen?» Sie war aufgeregt und verwegen. Noch ehe ich sie beschwichtigen konnte, fuhr sie fort: «Warum bleibst du nicht zu Hause und läßt mich mit Richard gehen, obschon ich mir nicht vorstellen kann, was man von mir denken wird, wenn ich Tampax verlange. Aber gleichviel. Sie halten mich in Galilee ohnehin für verrückt. Ich muß sagen, Peggy erscheint mir immer noch diejenige unter uns, die am ehesten befähigt ist, für sich selbst zu sorgen.»

Ich setzte mich neben sie, betätigte die Kupplung und ließ, da ich noch auf den Traktor eingestellt war, den alten Chevy sehr unbeholfen anrucken. Meines Vaters hastig unbesonnene Art zu fahren schien noch in dem Metall lebendig zu sein. Wir fuhren den Weg hinauf zu der asphaltierten Bezirksstraße und von dort zurück auf die Nationalstraße, die uns tags zuvor von der Autobahn nach Süden gebracht hatte. Sie führte weiter nach Alton. Nach einer Meile wurde die Asphaltstraße, die wir immer gefahren waren, von einer neuen vierspurigen Autostraße mit einem Streifen graublauer Steinsplitter in der Mitte aufgeschluckt. An weißen Pfosten waren keilförmige Reflektoren angebracht. Zwischen glattgesprengten roten Quaderwänden stieß die Super-Autostraße durch den Berg, um den die alte Landstraße herumgelaufen war, und brachte uns auf eine mir völlig neue Weise nach Alton; es war schier wunderbar. Wir schienen jeden Kontakt mit der Erde verloren zu haben.

«Wo sind wir?» fragte ich.

Meine Mutter sagte: «Dies ist die Rückseite von Benjys Farm.» Benjy war ein Hofstetter, ein Vetter von ihr und mir. «Der Staat zahlte ihm eine hübsche Summe», fügte sie stolz hinzu. Das Land, über das mein Vater und ich so oft gefahren waren, zur Schule und zurück, gab es nicht mehr, und die ruppigen Kurven und heimlich raschen Ausblicke und die mit Plakaten beklebten Farmwände, die in kontinuierlicher Folge an den Windungen unseres Pilgerweges standen, waren durch verschwommen hinfegende Bilder fahlen, unkultivierten Grases und aufgewühlten Erdreichs ersetzt worden. Weit entfernt davon, sich verloren zu fühlen, wie ich es tat, schien meine Mutter geradezu begeistert von dieser Veränderung und wies darauf hin, daß man, dank der neuen Straßenanlage, nach Galilee, der Stadt auf halbem Wege, ebensolange fuhr wie in das Einkaufszentrum am Rande von Alton selbst.

Auf meiner Mutter ausdrücklichen Wunsch hin fuhren wir ins Einkaufszentrum. In der schreienden Überfülle, der allgegenwärtigen Musik, der surrealistischen Ansammlung von Automobilen, kam ich mir, als ich meines Vaters staubigem Wagen entstieg, wie ein Besucher aus dem Totenreich vor. Ich erinnerte mich dieses Terrains als eines städtischen Müllabladeplatzes, geschmückt von zischelnden, niedrigen Feuern und rostfarbenem Kraut. In dem Supermarkt roch nichts, weil sogar die Steckrüben in Zellophan verpackt waren, und die Luft hatte die einheitliche und säuerliche Kühle von Plastikwaren. Die Habgier, die meine Mutter und Richard in den Ladenstraßen auf meine Kosten entfalteten, empörte mich. Ich brannte darauf, zu Peggy zurückzukehren, denn ich fürchtete, sie könnte, erfaßt von einer grausamen Drehung der Zeit, plötzlich gealtert oder gar verschwunden sein und ich bliebe allein zurück mit nichts als dieser Gegenwart, diesem grimmigen Echo meiner Mutter, diesem hungrigen Kind, das mich personifizierte, diesem Areal grell kitschiger Waren, diesem eklen Überfluß.

Richard und meine Mutter trödelten, und die Schlangen an den Kassen waren lang. Als die Pakete im Wagen verstaut waren, fiel mir ein, daß Peggy am Abend vielleicht einen Gin-Tonic trinken würde. Die staatliche Spirituosenhandlung befand sich auf der anderen Seite des Parkplatzes. Auf dem weichgewordenen Teer hatten sich die gemalten Linien hierhin und dorthin verschoben. Meine Mutter ging mit Richard, um ihm eine Sonnenbrille zu kaufen, in einen Sun Ray Drugstore.

Unsere Abwesenheit zog sich quälend in die Länge. Wenn wir heimkämen, würden wir über eine Stunde fortgewesen sein. Während wir über die breite weiße Straße zurückrasten, deren Zauber bereits vergessen war, traten mir Posen des Leidens vor Augen, in denen ich meine Frau früher gesehen hatte. Ich gedachte jenes langen Zeitabschnitts, den ich sonst lieber vergaß, als meine Unentschlossenheit sie zwei Jahre hindurch Enttäuschungen und Demütigungen aussetzte. Ich sah sie abermals, wie ich sie an jenem fahlen Sonntagmorgen im frühen März vor mir gesehen, als ich mich nach der aufreibenden Nacht meines ersten Geständnisses vor Joan mit ihr im Park traf. Richard schwankte auf dem zu Weihnachten geschenkten Fahrrad, das sie aus Sparsamkeit viel zu groß gekauft hatte, den Weg hinauf und hinunter. Ich sagte ihr, ich hätte Joan versprochen, ein halbes Jahr zu warten, ehe ich einen Entschluß fassen würde – sechs Monate, in denen wir uns, wenn die Abmachung einen Sinn haben sollte, nicht sehen dürften. Sie hatte genickt, genickt und weiter zustimmend genickt, als müsse es so sein und als sei meine Umsicht nur zu loben, mein Mitleid mit Joan, meine Selbstverleugnung, so daß ich betroffen war, als sie ihren Kopf an meine Schulter warf und in das Tuch meines Mantels schluchzte: *Geh, geh nur, Joey*; und der Sturm ihrer Tränen an meinem Hals hatte die Glut eines Angriffs, und ich gewahrte, daß sie meinem Sieg über meine Liebe zu ihr gar keinen Beifall zollte, sondern daß sie selbst diese Liebe war, daß sie sich nur in meiner Liebe zu ihr erkannte und sich nun vernichtet, daß sie uns nie mehr zueinanderkommen sah in einer unendlichen Raumesflucht, die ich mir, wie ich gestehen mußte, nicht vergegenwärtigt hatte: den grauen Fußpfad, die wenigen, sich vom Kot des Weges schwarz abhebenden Kirchgänger, die Bäume, die sich in Blütenknospen einzuspinnen begannen, das farbige Kindermädchen in durchsichtigen Überschuhen. Und ich erinnerte mich an sie nackt, wie sie sich das Kissen unter den Hals schob, so daß sich ihre Schultern und ihr schlanker Hals abzeichneten gegen das aufgelöste, vom Lichterglanz der Stadt, der vom Fenster mit den oben blauen Scheiben hereindrang, durchschimmerte Haar; erinnerte mich an ihre Stimme, die plötzlich weinerlich hervorgestoßen hatte: *Wirst du mich vergessen?* Und war es nicht am nächsten Morgen gewesen, als ich, den man in St. Louis vermutete, erwachte und entdeckte, daß es schneite in New York? In Höhe ihres Fensters auf der anderen Straßenseite trug jede der Samenkapseln an den entlaubten Platanen einen weißen Halbmond. Während ich mich ankleidete (synchron mit meinem getreuen Ebenbild in St. Louis, das sich nun beeilen würde, um das 9.40-Flugzeug zu erreichen), legte ich eine Platte auf, die ich ihr am Abend zuvor mitgebracht, aber die zu spielen die Not der Liebe uns verboten hatte. Es war Bach, gesungen von einem Chor: *Vo de oh oo oo, la la lalala.* Während die glockengleichen Stimmen durch die barocke Partitur hasteten, schien der nasse Schnee, der schräg vorübertrieb, dasselbe überstürzte Tempo zu halten; und Peggy nahm im Badezimmer kontrazeptivische Spülungen vor, und ich stand mit durchbohrtem Herzen da, in Hosen und einem frischen weißen Hemd, dem eine merkwürdig luftige Feuchtigkeit anhaftete von der südlichen Stadt, in der es, wie man annahm, gelegen hatte; und während ich barfüßig in der Mitte des weichen bolivianischen Teppichs stand, wo wir gelegen, bezaubert von der Stadt jenseits des Fenstersimses, auf dem Peggy Futter für die Vögel streute, fühlte ich, wie mir das Herz festgenagelt wurde an jenem Punkt, an dem der Schnee und die Musik und ihr Bad ineinanderflossen. Ich war nie des Glückes so deutlich innegewesen, so deutlich der Schwäche jenesZustandes mir bewußt, der ans Delirium grenzt. Als ich ging, in meinem Geschäftsanzug (während mein unbescholtenes Double gerade nordwärts flog), bat sie mich unvermittelt: *Komm nicht wieder. Ich fühle mich beim Abschiednehmen nur noch elender. Es tut mir leid, aber ich tauge nicht dazu. Ich wollte dir eine nette, simple Mätresse sein, aber ich bin dafür nicht stark genug. Ich bin zu besitzgierig. Geh, geh zurück und sei lieb zu Joan. Ich habe uns allen, dadurch daß ich mich verliebte, nur Scherereien gemacht.* Und als ich mich erstmals – übereilt – erbot, Joan ihretwegen zu verlassen, rief sie: *O nein.*

Deine Kinder! Ich könnte sie dir nicht ersetzen! Bilder von ihr tauchten gebrochen in mir auf, als wäre sie in ihren Schmerz wie in Wasser eingetaucht. Bei ihrer Begegnung mit Joan war ihr Gesicht spröd vor Angst und dann vor Trotz gewesen, und beim Abschied von mir zerknitterte es rot zu einem Schluchzen, und bei der Wiedervereinigung war es bleich vor Erschöpfung gewesen, und wiederholt hatte sie mich in ihr Bett und ihren Leib aufgenommen, wie wenn sie zu einem unausweichlichen Schwert greife; und ich fragte mich, erinnernd, warum ich ihr soviel Leid zugefügt, oder vielmehr, mit welchem Recht ich uns diese Sühne auferlegt hatte. Ich stellte sie mir nun, da ihr Maß an Jammer voll war, hilflos vor, allein und vergewaltigt, und ich wußte, daß der Gott, der mit solcher Ironie erschuf, sich nicht scheuen würde, dies anzuordnen. Meine Mutter schrie auf. In meinem Rettungstraum war ich zu schnell gefahren. Im Wagen wurde meine Mutter ängstlich; es war grotesk, wie sehr sie ihr Leben liebte.

Die breite weiße Straße gab mit einem jener ausschwingenden Kleeblätter, denen immer etwas Theatralisches eignet, die alte schwarze Landstraße frei, und ich wechselte alsbald auf die graue, surrende Decke der Bezirksstraße über und von dieser auf unseren Fahrweg und sah Peggy und lachte, denn sie stand im oberen Garten und hackte in ihrem Bikini.

Die Entschlossenheit ihrer Haltung, die ungeübte Wucht ihrer Schläge gegen das Erdreich unterstrichen die Stattlichkeit ihrer Figur, die nach ihren scheinbar im Boden verschwindenden Fußgelenken hin konisch zusammenlief. Wir hielten unter dem Birnbaum an, dessen wenige überlebende Äste unproportioniert die gesamte Fruchtlast des Baumes trugen, und stiegen aus. Mein Schädel fühlte sich gespannt an und schmerzte.

«Was ist so komisch?» fragte Peggy.

«Du siehst reizend aus, Peggy», sagte meine Mutter. «Laß dich nicht necken von diesen Männern. Sie möchten, daß wir Frauen die Arbeit für sie tun, und wenn wir sie tun, dann lachen sie uns aus.»

Richard hatte am lautesten gelacht. «Mutter, ich meine, dein Anzug ist nicht ganz schicklich», sagte er.

Meine Mutter sagte: «Paß nur auf, daß du nicht die Bohnen heraushackst, sie haben flache Wurzeln.»

«Ich habe mir Mühe gegeben, mein Stück so aussehen zu lassen wie eures», sagte Peggy und strich sich mit einer schmutzigen Hand das Haar aus dem Gesicht. Der Anblick ihrer nackten Füße mit den bemalten Nägeln, flach auf dem Boden und beschmutzt bis zu den Knöcheln wie die Füße eines Kindes oder einer Zigeunerin, rührte mich; Begierde muß von mir ausgeströmt sein wie ein Geruch oder eine Hitzewoge, denn sie krümmte sich verlegen, und ich erkannte, daß ich sie bloßgestellt, daß ich die Anstößigkeit ihres Kostüms noch unterstrichen hatte.

«Die Schädeldecke schmerzt mir», sagte ich, um meine Mutter abzulenken. «Sind noch irgendwelche alten Hüte von Daddy da, die ich aufsetzen könnte?»

«Du wirst einen Sonnenstich bekommen», erklärte sie.

«Mäh nicht weiter.»

«Es muß getan werden.»

«Es sollte freilich, aber genug ist genug. Straf mich nicht damit. Du wirst dich überanstrengen, und dann gibt deine Frau mir die Schuld.»

«Mutter, die Sonne steht tief. Es ist vier Uhr.»

«Peggy, meinst du, er soll damit fortfahren? Sein Vater wäre eigensinnig an solch einer Arbeit geblieben und hätte sich dann während der ganzen Nacht übergeben. Als ob das ein besonderes Vergnügen für die andern sei.»

«Es kann nicht aufgeschoben werden», sagte ich. «Morgen ist Sonntag.»

«Was geschieht am Sonntag?» fragte Peggy und schlug nach den Fliegen, die das Blut zwischen ihren Schenkeln rochen.

«Meine Mutter läßt sonntags niemanden arbeiten», sagte ich.

«Das stimmt», sagte sie, «– macht euch nur lustig über den Aberglauben einer alten Frau.»

Peggy fragte sie: «Haben Sie wirklich etwas dagegen, daß jemand am Sonntag arbeitet?»

Nun war es meine Mutter, die ich bloßgestellt zu haben meinte. Sie sagte: «Hier herum wird es als einigermaßen haarsträubend betrachtet. Doch ich nehme an, die verkrauteten Felder einer alten Närrin sind wie der Esel, der in den Brunnen fällt.» – «Wie was?» fragte Richard.

«Es steht in der Bibel», erklärte ihm Peggy.

Meine Mutter sagte zu mir: «Es liegt an dir, Joey. Ich finde, du hast genug gemäht. Ich kann Sammy bitten, oder du kannst nächstes Wochenende zurückkommen, wenn du entschlossen bist, auch noch das übrige zu mähen.»

«Aber wie *dumm»*, sagte Peggy, beunruhigt über die Aussicht eines neuerlichen Besuches in so naher Zukunft.

Meine Mutter wandte sich ihr zu. «Dumm oder nicht, wenn mein Junge so aussieht, dann ist es Zeit für ihn aufzuhören.»

Ich fragte: «Wie sehe ich aus?»

«Blaß und gerötet.»

«Ich kann nicht beides sein. Es wird regnen, und ich möchte wenigstens das große Feld fertig bringen. Laßt mir das bißchen Stolz, etwas vollbracht zu haben. Alles, was ich brauche, ist ein Hut von Daddy.»

«Er hat nie einen Hut aufgesetzt. Es überrascht mich, daß du das vergessen hast.»

«Ich kann mähen», sagte Richard.

«Das ist eine Idee», sagte meine Mutter. «Laß den Jungen einige Runden drehen. Zeig ihm, wie man's macht, und sieh ihm vom Schatten des Birnbaums aus zu.»

«Völlig ausgeschlossen», sagte Peggy.

«Oh, komm schon, *Mom.* Laß mich. Ich bin vorsichtig.»

«Mutter», sagte ich, «nun mach keine Scherze. Sieh doch, in welche Aufregung du ihn versetzt.»

«Ich *mache* keine Scherze. Wenn ich mit fünfzig gelernt habe, Traktor zu fahren, dann wird Richard es wohl jetzt lernen können. Wenn er im New Yorker Stadtverkehr Fahrrad fahren kann, dann kann er auch das hier.»

Ich sagte: «Ein Fahrrad bleibt stehen, wenn du stehen bleibst. Ein Traktor verlangt ein ganz neues System von Reflexen.»

«Oh, bitte, bitte, *bitte.*» Richard begann zu blubbern wie ein siedender Kessel, und in seinem Gesicht blitzte, während er Peggy ansah, ein schüchterner Eifer auf, der mich an seinen Vater erinnerte.

«Es ist grausam von Ihnen», sagte Peggy zu meiner Mutter, «es auch nur anzudeuten. Es kommt nicht in Frage.»

Der Mund meiner Mutter zuckte und brachte jenen kurzen Laut der Belustigung hervor, mit dem sie auf etwas Unerwartetes reagierte. «Alle Bauernjungen in seinem Alter sind erfahrene Landarbeiter.»

«Er ist kein Bauernjunge», erwiderte ich vermittelnd.

Meine Mutter wandte sich mir dankbar zu und war bestrebt, die Sache ins rein Phantastische hinaufzutreiben und sie damit aus der Welt zu schaffen. «Wie soll Richard mein Menschenschutzgebiet leiten, wenn er nicht Traktor fährt?»

Peggy fiel ihr ins Wort. «Er wird gar nichts für Sie leiten. Er wird kein zweiter Joey werden.» Es war ein Reflex, roh und unnötig.

Geschlagen sagte meine Mutter, deren Subtilität in die Brüche gegangen war, mit schwacher Stimme: «Liebe Peggy, *ein* Joey ist genug für mich.»

Ich sagte: «Er ist sogar genug für mich.»

Keine der beiden Frauen lachte, und keine sah mich an.

Richard hatte zugehört, ohne zu begreifen, daß sein Schicksal besiegelt war. Er zerrte an dem unteren Teil von Peggys Badeanzug. «Nur zur Übung, Mutter; nur Übung Nummer eins, *Leçon Première*?» Er knüpfte an eine Fernsehschulsendung an, die sie miteinander gesehen hatten in den Tagen, ehe ich auf dem Plan erschien.

Sie hockte sich vor ihm nieder – ihr Fleisch breitete sich aus, die Kuhle zwischen ihren Brüsten war feucht –, umschlang ihn mit ihren langen Armen und sagte: «Du darfst auf dem Sattel sitzen und die Hebel betätigen, wenn der Motor abgestellt ist.

Aber vorher möchte ich, daß du mit deiner Großmutter hinunter zum Haus gehst und ihr hilfst, die Lebensmittel hineinzubringen.»

«Das ist eine gute Idee», sagte meine Mutter. Mit angehaltenem Atem fühlte ich, wie sich der Druck in meiner Brust löste, als sich der Menschenklumpen um mich her verlief. Richard stieg ins Auto, und meine Mutter fuhr mit ihm zum Haus hinunter. Ich rief ihnen nach, sie sollten mir einen Hut bringen. Peggy fuhr fort zu hacken. Ich berührte den Stiel der Hacke, um sie daran zu hindern. Sie sagte: «Es tut mir leid. Sie machte mich wütend.»

«Nicht zu ändern. Du hast es schließlich noch wundervoll zurechtgebogen.»

«Ich bin jetzt noch wütend.»

«Sei wütend auf mich.»

«Das bin ich auch, zum Teil.»

«Warum?»

«Du trittst nicht entschieden genug auf. Du läßt uns übereinander herfallen und versuchst dann, Frieden zu stiften.»

«Ich stand auf deiner Seite.»

«Ich habe es nicht gemerkt.»

«Es war nicht meiner Mutter Idee, daß er den Traktor fahren sollte, sondern seine eigene.»

«Sie hat ihn darin bestärkt. Es ist eine schwachsinnige Idee.»

Ich fand «schwachsinnig» übertrieben. «Wie sie sagte, tun es die Jungen hier herum alle.»

«Schwachsinnig.»

«Hör mal. Hat McCabe nach der Scheidung mit dir geschlafen?»

Peggy starrte mich an, und ihre erdige Hand verschmierte, als sie sich das Haar zurückstrich, diagonal die Stirn. «Warum fragst du das?»

«Richard erzählte – sehr glücklich –, daß sein Vater gelegentlich die Nacht bei euch verbracht habe.»

Wenn Peggy nicht lächelt, verzieht sich ihr linker Mundwinkel mechanisch zu einer Grimasse. «Er war sicher. Ich kannte ihn, und ich dachte, es werde uns beiden guttun.»

«Gewiß tat es das.»

Sie überging, was immer sich in meinem Blick spiegeln mochte, mit einem Achselzucken. «Dieser Fetzen Papier schließt doch nicht alles ab.»

«Das weiß ich. Das weiß ich sehr wohl. Du scheinst zu vergessen, daß ich durchaus in der Lage bin, das zu wissen.»

«Dann sieh mich nicht so an.»

«Ich versuche nicht, dich irgendwie anzusehen. Ich sehe dich als eine Frau, die sehr schön ist, die eigentlich viel mehr Schönheit besitzt, als man braucht; und jede Vergeudung macht mich traurig.»

«Also gut, ich wollte nicht der Vergeudung anheimfallen.»

«Aber du trafst dich doch damals mit anderen Männern.»

«Damals noch nicht. Das war gleich nach der Scheidung. Es liegt Jahre zurück, Joey.»

«Warum erinnert sich Richard dann so deutlich daran?»

Sie blickte am Stiel der Hacke hinab bis zu deren ruhenden Zinken, und die Tatsache, daß sie log, schien durch den kometenförmigen Schmutzfleck auf ihrer Stirn erwiesen.

«Wie komisch», sagte ich, «daß ich nichts gegen die andern habe, wohl aber gegen den armen alten McCabe, den ich irgendwie gut leiden kann.»

«Die andern sind für dich nicht wirklich», sagte sie und fügte, innewerdend, daß diese Erklärung taktlos war, hinzu: «Und auch für mich nicht mehr.» Sie bot mir einen Kuß an, und ich ging auf ihr Angebot ein; ihre Lippen fühlten sich an wie ein Wisch lauen Staubes. Sie legte ihre Arme, dieselben langen, blaß behaarten Arme, die Richard umfangen hatten, um meine Schultern und hauchte: «Hör. Das war alles, ehe es dich für mich gab. Du könntest dich ebensogut dessentwegen grämen, was geschah, bevor du geboren wurdest. Fühlst du nicht, daß ich dich liebe?»

Ich versuchte zu präzisieren: «Ich habe das Gefühl, du seist eine liebende Frau und zufällig läge ich dir zunächst im Bett.»

«Nein», sagte sie, «das würde mich zu einer Hure stempeln, und in Wirklichkeit bist nur du es, der mich eine liebende Frau sein läßt, weil du Liebe zu empfangen weißt. Dies hat dich deine Mutter gelehrt. Es ist wundervoll.»

«Das Talent eines Schwächlings», fühlte ich mich verpflichtet zu erwidern.

Richard kam den Weg herauf mit einem Hut. Es war nicht ein Hut meines Vaters, sondern meiner Mutter, ein großer Kulihut aus geflochtenem Stroh, der mit einem durch Kordel verstärkten Band unter dem Kinn festgehalten wurde. Richard und Peggy lachten, als ich ihn aufsetzte. Mein Narrenkleid war vollständig. Ich ging mit Richard quer über den Weg zum Stoppelfeld, ließ ihn sodann auf den Traktorsattel klettern und zeigte ihm – bei abgestelltem Motor –, wie man die Pedale und Hebel bediente. Er wirkte wie ein König mit Grübchen, der vor dem regenverhangenen Himmel thronte, und er schien zufrieden. Als die Übung beendet war, ging er zu seiner Mutter in den Garten. Er stieß ihr in die Magengrube, und ich sah, wie sie einen spielerischen Boxkampf aufführten. Über ihnen auf dem einzelnen Leitungsdraht, der uns den elektrischen Strom ins Haus brachte, punktierten Stare dunkel einen unsichtbaren Satz. Ich stieg auf den Traktor und fuhr fort zu mähen. Die Wegwarte und Goldrute hatten ihre Blüten geschlossen, waren unter der Drohung des Regens zusammengeschrumpft. Ein Strahl der Nachmittagssonne brach durch das brodelnde Gewölk und warf meinen grotesken, wasserköpfigen Schatten auf den Boden. Unter dem Hut herrschte beständige Dämmerung und ein Geknister wie im Gebälk eines Schutzdaches. Ich legte den vierten Gang ein und raste mit dem Wetter um die Wette. Einmal sank das linke Rad in ein Murmeltierloch, und ich wurde bei dem Ruck fast aus dem Sattel geworfen. Während ich meine Bataillone, meine Schlachtreihen noch stehenden Grases angriff, segelte ein spähender Bussard ohne Flügelschlag unter den Wolken dahin. Nun traf ein Tropfen auf meinen Unterarm, und ein anderer klopfte wie ein Fingernagel auf meinen Hut. Eine Schlachtformation war zu einem langge-

«Eine Büchersammlung …

streckten Dreieck zusammengeschmolzen und die andere bloß noch ein schwankes Sanduhrgebilde. Ich steuerte auf die Spitze des Dreiecks zu und wieder zurück, die Hypothenuse entlang, und so weiter. Ein schwerer Tropfen schlug auf die graue Motorhaube und verdampfte. Dann noch einer. Richard rannte den roten Fahrweg hinunter, aber Peggy blieb im Garten und hackte. Der Regen zögerte nach seiner ersten Ankündigung, hielt sich noch zurück; ich erledigte das Dreieck und ging die Sanduhr an. Eine zerzauste, rauchige Regenwolke jagte über ein himmlisches Territorium geriffelten Perlgraus. Und nun ergoß sich der Regen, nachdem er noch einmal Atem geholt, seufzend in die Erde, anfangs sanft, süß, wie das Sprühen aus dem Zerstäuber eines Parfümflakons, dann mit so stetiger, zügelloser Gewalt, daß, während es mir auf den Hut trommelte und die Hosenbeine durchnäßte, die geschlossenen Blumen unter dem Geprassel mit den Köpfen nickten und das gepeitschte Gras aufglänzte. Ich schob den schlitternden Traktor die eine Schrägseite des verbliebenen Fleckens entlang, über das flache Ende hinweg und auf der anderen Seite wieder zurück, bis die Taille der Sanduhr verschwand und mir zwei Dreiecke blieben, einige Streifen breit. Als ich zum letzten Mal wendete, erblickte ich zu meiner Überraschung jemanden am Wegrand stehen: Peggy, die dort im Regen wartete, daß ich fertig würde. Sie hielt ihre Hacke in der Hand, und als ich dicht heranfuhr, sah ich ihr rotes, angeklatschtes Haar und ihr Gesicht darunter, das, mit seinen gegen das Regengeprassel zusammengekniffenen Augenlidern und wie zu einem Lächeln gekräuselten Wangen, den still erwartungsvollen Ausdruck einer Toten angenommen hatte. Sie lächelte nicht, als ich ihr, während ich weiter unten über eine ausgefahrene Spur auf den Weg ratterte, zurief, ob sie den Verstand verloren habe. Ihre einzige Erwiderung hierauf war die, daß sie dem Traktor folgte, mit niedergeschlagenen Augen, wie eine Konkubine in Prozessionsketten, behutsam sich mit ihren schimmernden Füßen einen Weg durch den fahlen Schlamm und die Steine suchend, die der Regen zu plötzlicher Schärfe glattpoliert hatte. Ich war so bewegt von ihrem treuen Warten, bewegt vom Gedanken an ihren Körper, der meinetwegen vom Regen durchgepeitscht worden war, daß ich mir vornahm, sobald der Schutz des Dachvorsprungs erreicht sei, vom Traktor abzuspringen, sie zu umarmen und in die Spreu und den trockenen Mist zu pressen, der schwärzlich an ihrer nassen weißen Haut hängenbleiben würde. Aber der Dachvorsprung war verschwunden, und während ich den Traktor zurück in seinen engen Stall zwängte, ging Peggy weiter über den Rasen zum Haus, über jenes Stück Rasen, auf dem ich einst meine Mutter, von der Scheune zum Haus rennend, meinen Vater hatte überholen sehen. Der Nachmittag war zu Ende.

Im Haus roch es nach Peggys nassen Haaren. Meine Mutter hatte im Kamin ein Feuer aus Kirschbaumscheiten entfacht, und davor saß meine Frau, nicht mehr im Badeanzug, sondern in einem Unterrock mit Spitzen an Brust und Saum, die Beine übereinandergeschlagen, ein blaues Handtuch um die Schultern geschlungen, und trocknete sich das Haar. Das Feuer schien gefährlich den Schleier ihres Haares zu durchtränken; ihr Kopf war vorgebeugt, und ihre Finger massierten blind die Kopfhaut. Die Scheite knackten, wenn sie zusammenfielen. Richard las in einem Buch; sein eines Bein hing über die Armlehne des Ohrensessels und pendelte hin und her. Der Regen hauchte gegen die Hauswand, fegte mit gebieterischer Geste über die Fenster an der Hofseite und trieb glitzernd sein Wesen im grünen, raschelnden Blätterwerk der Weinlaube vor den zur Wiese zu liegenden Fenstern. Meine Mutter deckte den Tisch in der Küche. «Ob sie was dagegen haben, früh zu essen?» fragte sie mich leise, als ich zur Treppe ging.

«Frag sie doch selbst», sagte ich. Ich hatte das Gefühl, meine Mutter habe im Garten Peggy ins Unrecht gesetzt, habe es fertiggebracht, ihre schwächere Seite zu beleuchten, und dieser

Triumph hatte meine Geduld mit ihr vermindert. Ich wollte nicht, daß sie zum Schein gegen diese beiden Fremden etwas anzettelte. Ihre Spiele waren mir zuwider.

Doch auf der Treppe, als ich meiner Mutter Stimme etwas fragen hörte und darauf Peggys fröhliche Antwort – beides für mich unverständlich –, fühlte ich mich ausgeschlossen und erkältet. Oben zog ich meine nassen Kleider aus und schritt nackt durch eine Gespensterlichtung. Die Stelle auf dem Fußboden, an der meine Großmutter in dem Versuch, aus dem Bett zu steigen, hingefallen und gestorben war, barg ihre Geschichte hinter einer undurchdringlichen Miene abgenutzten Holzes. Die Fenster zeigten weiterhin auf den Rasen, die Scheune und den Weg, als wenn meines Großvaters Augen noch immer nach dem Postboten Ausschau gehalten hätten – dem «Schneckenpostboten», wie er ihn nannte. In einer Fichtenholzkiste häuften sich seine eingegangenen Aktien und seine Tagebücher – schlanke rote Hefte, in die er jahrein, jahraus lakonische Eintragungen über das Wetter und sonst fast nichts gemacht hatte. Am Tage, an dem meine Mutter geboren wurde, einem Tag, der seiner Frau beinahe das Leben kostete, hatte er nur geschrieben: *Baby geboren.* Als ich meines Vaters Drillichhosen über die Badezimmertür zum Trocknen hängte, tropfte aus ihnen eisiges Wasser auf meine zusammengezogenen Lenden. Joan starrte noch immer herauf, mit einem Fünkchen gefrorener Feuchtigkeit an ihrer Unterlippe und dem Keim eines Kindes in ihrem Bauch. Ich nahm kein Handtuch; ich liebe das Verdunsten, nicht nur das Gefühl, sondern auch die Idee des Verdunstens, die Idee, daß Feuchtigkeit ins Immaterielle überspringt, die Idee einer topographischen Ordnung der Elemente, nach der das Wasser abläuft in die Luft. Ich empfinde, was sich durch die Luft bewegt: den Staub sogar, der mich niesen läßt, als den Geist des Sofas und den Pollen als den Boten naher Blüte. Trocken, glatt, riesig, eingetaucht in die großen, vagen Augen meines kindlichen Selbst, das von der Wand starrte, zog ich meine Unterwäsche an, gebügelte Hosen, die sich schlüpfrig anfühlten, Socken, die Peggy hübsch zu Paaren aufgerollt hatte, Mokassins und ein sauberes weißes Hemd, das die Verpackung des rechteckigen grauen Kartons hätte sein können, der es spannte.

Unten begrüßte meine Mutter diesen Aufzug mit den Worten: «Da ist ja mein Stadtschwarwenzel.»

In dem Supermarkt hatte sie einen Zellophanbeutel grüner Erbsen gekauft, die sie nun palte. Der Inhalt einer jeden Schote sprang melodisch in das Sieb. Ich setzte mich auf die andere Seite des Tisches und half ihr beim Entkernen. Es war eine Friedensgeste. Ihre Schultern waren über ihre Arbeit gebeugt, und sie schien mich eine Zeitlang nicht zu bemerken. Ich beendete den ersten Haufen, den ich mir genommen hatte, und stand auf, um mir aus dem Beutel einen weiteren zu holen. «Sag», begann sie da, «was machen sie?»

«Was macht wer?»

«Nun, deine Kinder. Hast du sie so schnell vergessen? Ann und Charlie und Martha.»

Die kleinen wachsgrünen Kugeln, deren eigene fette Prallheit sie in den Schoten zu Kuben gepreßt hatte, sprangen unter meinem Daumen in einer Reihe heraus und purzelten in meine Hand. Ich ließ das Sieb aufklingen und versuchte zu antworten. «Es geht ihnen gut», sagte ich. «Sie waren immer gern in Kanada, und sie schienen sich zu freuen, daß sie dorthin gehen sollten.»

«Auch ohne dich?»

«Nun, ich konnte doch schlecht *mit* ihnen gehen. Ich war im Begriff, mich zu verheiraten.»

«Schrei nicht so. Ich habe viele Gebresten, aber ich bin nicht taub.»

«Gut.»

«Ich stelle fest», fuhr sie fort, «daß ich mich an Charlie deutlicher erinnere als an die Mädchen. Er war so ein lebendiger kleiner Mann.»

«War?»

«War es für mich. Ich rechne nicht damit, ihn je wiederzusehen.»

«Bestimmt wirst du ihn wiedersehen.»

«Ich dachte immer, er werde einmal ein Farmer: Er hatte eben die rechte Statur dazu, weißt du, diese kleinen drahtigen Glieder und seine breite Brust.»

«Er ist erstaunlich stark bei seiner Kleinheit.»

«Oh, ich *weiß*. Wenn man ihn aufhob – es war so ziemlich das erste Mal, als du ihn brachtest. Er saß träumend in Großpapas Sessel, und ich dachte: ‹Das ist mir ein herziges Häufchen, und als ich es aufhob, war er ein stämmiger Muskelknoten, hart wie Stahl, und *gar nicht erbaut*!»

Ich lachte. «War das, bevor oder nachdem du ihn mit dem Zollstock schlugst?»

«Er mich schlug, willst du sagen. Ich glaube, davor. Es kann bei demselben Besuch gewesen sein; doch ich habe meine Zweifel. Er warf mir einen sehr kühlen Blick zu, erinnere ich mich noch. ‹Was soll das heißen, du große, alte Frau, mich in meiner Ruhe zu stören?›»

«Komisch, wie er vor sich hinträumte. Eine von Joans Tanten meinte, er sei schwachsinnig, weil er so lange stillsitzen konnte.»

«Nun, er saß still, weil er etwas hatte, worüber sich nachzudenken lohnte. Nie habe ich ein Bürschchen gesehen, das ein so tiefes Wasser war.» Das Wort «Bürschchen» schien unmittelbar aus meines Großvaters Mund zu kommen.

«Nicht einmal ich?»

Meine Mutter überlegte. «Nein, du warst nicht nachdenklich. Du warst empfindlich. Mit dem ersten Sonnentag im August begannst du zu niesen und hörtest nicht vor dem ersten Frost wieder auf. Deine Augen tränten, bis sie ganz verklebt waren; es brach einem schier das Herz. Charlie hatte mehr von Joans Wesen, dieses beängstigend In-sich-gekehrt-Sein, diese schreckliche Stärke.»

«Sie *war* stark. Wenn auch stets auf passive Weise; sie tat nie den ersten Schritt.»

Meine Mutter, die einen Vorwurf in meinen Worten spürte, machte eine schroffe Handbewegung, als weigere sie sich, dorthin zu folgen, wohin ich sie führen wollte. Ich war besessen von dem Wunsch, Mittelpunkt dieser Unterhaltung zu werden. «Was Charlie anlangt», sagte sie, «so sehe ich ihn vor mir, wie er mit seiner wunderbaren Gelassenheit darauf wartet, daß die Frucht reif wird, und dann mit seinen harten kleinen Muskeln und seiner vollen Brust hinausstürmt, um sie einzuholen. Er hatte das, was meine Mutter *Rührigkeit* nannte. Wenn man die nicht hat, so wie mein Dad, dann sollte man seine Farm aufgeben. Was er vernünftigerweise auch tat. Ich weiß nicht, warum ich ihm das nie verzeihen konnte.»

«Ich mache mir Sorgen Charlies wegen», sagte ich. «Er schien es schwerer zu nehmen als die Mädchen.»

«Sie nahmen es ebenso schwer», sagte meine Mutter, «aber sie verstanden besser, es vor dir zu verbergen. Das ist so eine Idee von dir: daß Frauen gerne leiden. Ich weiß nicht, wo du die her hast; von mir bestimmt nicht. Sie leiden nicht gern. Aber sie finden weniger Mitleid als die Männer, weil sie Kinder bekommen; und jedesmal wenn eine Frau schreit, taucht der Gedanke auf, sogar in ihrem eigenen Hirn, sie bekomme ein Kind und es sei darum ganz in der Ordnung. Warum wegen eines Babys das Schreien in der Ordnung sein soll, weiß ich nicht.»

«Von den dreien», sagte ich, «schien Ann in einer Weise mir am ähnlichsten zu sein.» Ihr Gesicht, Anns Gesicht, dessen gar nicht hübsche Breite und schöne Offenheit, ihre langen, geraden Beine und die Art, wie sich ihr Mund beim Rennen vor Freude öffnete, kam mir wieder in den Sinn über das hinweg, was einer Leere der Betäubtheit glich, obschon ich nie ihren Namen, ihren Geburtstag oder ihr Dasein vergessen hatte. Charlie blickte plötzlich zu mir auf. Aß er Eiscreme aus einer Tüte? Über seinen feinen glatten braunen Knabenhaaren lag etwas Silbriges. Ann nannte ihn die Bisamratte. Seine Augen waren wachsam, mit klugen Fältchen in den Winkeln, beinahe wie die eines Erwachsenen, und seine geschwungenen Lippen schienen sich zu einem Witz formen zu wollen, wiewohl ich ihn, seiner Miene nach zu urteilen, gescholten oder verwirrt haben mußte mit einer unglaublichen Behauptung; er, mein Sohn, war stets bereit, das Beste zu glauben, allen Gram – zerschundene Knie, die Neckereien seiner Schwestern, meine Abwesenheit – als momentane Unterbrechungen im gleichmäßigen, geordneten Gang der Dinge zu nehmen. Er war ein ordentlicher Junge. Viel sorgsamer als Ann legte er seine Kleider zusammen und gab acht auf sie. Und Martha, mein Baby: ich *sah* sie nicht so sehr, als daß ich ihr lockeres Gewicht fühlte, wenn ich sie in tiefem Schlaf aus ihrem neuen blauen Bettchen hob mit ihrem zerknüllten Nachthemd, dessen durch die Berührung mit ihrem Fleisch seidig gewordener Baumwollstoff hinaufgerutscht war und ihre Genitalien entblößte, die bleicher waren als der Mond. Ich hob sie aus dem Bett, trug sie, mit ihrem baumelnden, hochroten Kopf, zur Toilette, setzte sie auf das geduldige Oval und wartete, mich selbst auf den Rand der Badewanne setzend und ihren Kopf an meine Knie lehnend, auf das Zischen und bescheidene Plätschern. «Arme Martha», sagte ich.

«Wieso, sie ist die handfesteste von ihnen allen.»

«Sie wird ihr Bett naß machen.»

«Selbstverständlich wird sie das nicht tun. Sie ist ein wunderbares Kind. Sie sind alle wunderbar – nicht wahr, Peggy?» Meine Frau war in die Küche getreten und stand neben oder über mir. Von unten betrachtet, wirkte sie fürchterlich groß, ihre Nase etwas hakenförmig, ihr herabhängendes Haar durch die Nässe verlängert.

«Ja, sie sind nett», sagte sie zu meiner Mutter, «und auch ich bin sehr traurig ihretwegen.»

«Niemand verlangt von dir, daß du traurig sein sollst. Über sie zu reden ist uns eine Freude.»

«Joey machte die Hölle durch wegen der Kinder.» Meine Phrase ‹die Hölle durchmachen› klang platt, als wäre Peggy zu Bewußtsein gekommen, daß sie mich zitierte. Sie fuhr fort: «Es tut mir leid, aber ich sehe einfach nicht, wozu es gut sein soll, ihn an die Kinder zu erinnern. Er braucht Ruhe.»

Meine Mutter sagte: «Ruhe vor der Erinnerung an seine eigenen Kinder?»

«Ich meine nur, reden Sie nicht über seine Kinder, um mir eins auszuwischen. Es wäre zu hart für Joey.»

«Was für eine verstiegene Idee! Ich rede über sie, wenn ich's tue, weil ich eine geschwätzige alte Närrin bin und weil über sie zu reden für mich jetzt die einzige Möglichkeit ist, mit ihnen in Berührung zu kommen. Ich genieße es, Großmutter zu sein. Es war ein sonderbarer Trost für mich, eine Erfüllung, die ich nie für möglich gehalten hatte; ich weiß selbst nicht, warum. Und Reden ist nun die einzige Möglichkeit, mit ihnen in Berührung zu kommen. Ihr Vater kann sie besuchen, wann immer er Lust hat, doch ich erwarte nicht, sie auf Grammys Farm je wiederzusehen oder sonstwo.»

«Oh, bestimmt wirst du sie wiedersehen», sagte ich rasch, um die erschreckende Drohung ihrer Tränen abzuwenden. «Noch diesen Herbst bringe ich sie her, wenn wir alle in der Stadt zurück sind.»

«Deiner Frau wird das nicht recht sein», sagte meine Mutter. Das Ankämpfen gegen die Tränen schien ihre Redeweise zu einer sonderbaren Starrheit austrocknen zu lassen. «Hänge deiner Frau an, mahnt die Bibel.»

«Ich gedenke auch, meiner Frau anzuhängen», sagte ich, «und ich erwarte gleichwohl mit Bestimmtheit, daß du meine Kinder wiedersiehst.»

«Ich habe diese Erwartung nicht; und was das anlangt, Joey, ich erwarte auch nicht, dich hier je wiederzusehen.» Sie wandte sich Peggy zu und sagte: «Danke, daß du dieses Mal gekommen bist, Peggy. Und mir gefiel dein Hacken.»

«Vielleicht habe ich etwas mißverstanden», sagte Peggy. Ihre rastlosen Hände hingen blutschwer an ihren Schenkeln herab und berührten den Spitzensaum des Unterrocks. «Aber ich weiß, wie gern sich Joey wegen der Kinder quält, und vermutlich reagiere ich allzu empfindlich, wenn ich ihre Namen höre.»

Meine Mutter sah mich an, dann meine Frau und wieder mich. Danach legte sie ihre Hände flach auf den Tisch und stämmte sich – so langsam, daß sie zu wachsen schien – mit einem Seufzer vom Stuhl hoch. In Augenblicken wie diesem, da sie ihre Körperposition verändert, äußert sie bisweilen solch unerwartete Dinge, die angetan sind, eine Düsternis in mir zu zerstreuen. «Nun», sagte sie, «meine Eltern blieben beieinander, ohne glücklich zu sein, und, offengestanden, ich bin ihnen bis auf den heutigen Tag nicht besonders dankbar dafür gewesen.»

Als sie stand, drehte sie sich herum und begann zu kochen. Peggy erbot sich zu helfen, aber meine Mutter meinte, sie schäme sich, ihren Gast alle Arbeit tun zu lassen. Gestalt und Gesicht meiner Mutter kamen mir sonderbar vor, massig und fahl, und ich fragte mich, ob sie Schmerzen habe. Schmerzen bei meinen Eltern waren für mich immer ein schwieriger Begriff, wie die Milchstraßen hinter unserer Milchstraße. Der Regen peitschte, streichelte, umarmte das Haus, ließ die hölzernen Teile erdröhnen und das ganze Gebäude auf einem Meer schimmernden Grases flott werden. Ich stand an dem Fenster, das auf den nahen Wald zeigte. Donner grollte von dort herüber, wo der Kauz geschrien hatte. In dem verwilderten Blumengarten meiner Mutter war der Phlox niedergeschlagen und hatte seine Blüten wie weiße Münzen ausgestreut, und an den mit Unkraut überwucherten Abflußrinnen unterhalb der abgeblühten Stockrosen hingen kleine orangerote, papierige, laternenartige Gebilde, die ich nirgends sonst als in den Gärten Pennsylvaniens gesehen habe. Ich fragte meine Mutter, was das sei, und sie sagte: «Ich weiß nicht. Wir pflegten sie Japanische Kirschen zu nennen, und im Krieg wurde der Name in Chinesische Kirschen abgewandelt. Nun sind es vermutlich wieder Japanische Kirschen.» Auf dem Sims des Fensters, das auf die verlassenste Seite der Farm zeigte, wo das Gras am weichesten war und wo Peggy gelegen hatte, erhob sich eine Spielzeugstadt aus Schachteln mit Getreideflocken, Hundekuchenpackungen und Vogelkörnerdosen, und eine unbenutzte Pfeffer-und-Salz-Garnitur aus meerblauer Keramik, die ich vor ungefähr fünfzehn Jahren aus Cambridge heimgeschickt hatte, bildete das Stadttor. Daß ich so selten aus ihm hinausblickte, zauberte mir dieses Fenster. Seine Scheiben waren gesprenkelt mit Tropfen, die wie aus einem amöbischen Entschluß heraus plötzlich ineinanderliefen und sich wieder trennten und dann ruckweise hinabflossen, und das Fliegengitter war wie ein halb ausgeführtes Stickmuster oder ein unsichtbar gelöstes Kreuzworträtsel, seltsam ausgelegt mit winzig kleinen, durchscheinenden Regensteinchen. Ein physisches Gefühl jenseitiger Gnade überflutete mich, und ich drehte mich herum. Ich mied den Blick meiner Mutter, damit ich mich ihr nicht durch die Nacktheit meines Gesichtes wieder so sehr auslieferte. Das beruhigende Geklapper ihres Kochens links hinter mir lassend, schritt ich ins Wohnzimmer auf der Suche nach den anderen Kindern.

Peggy saß wieder mit gekreuzten Beinen vor dem Feuer. Sie sah mich mit Augen an, die von der Hitze tränten. Richard klappte sein Buch zu, und sein Bein hörte auf zu baumeln. «Das ist wirklich ein höchst erstaunliches Ende», sagte er.

Ich fragte: «Ist es immer noch die Geschichte von dem Jungen mit dem gigantischen Intelligenzquotienten?»

«Ja. Er erfindet noch einmal die Geometrie mit farbigen Stoffstückchen, als er drei Jahre alt ist, baut dann die ganze Mathematik darauf auf und fragt schließlich jemanden, wie lang eine nach oben strebende gerade Linie sein müsse, um von unten an den Punkt zurückzugelangen, von dem sie ausgeht. Weißt du, das ist Relativität.»

«So.»

«Klar. Einstein sagt, der Raum sei gebogen.»

«Daß du dir das selber ausdenkst, scheint mir doch noch etwas verfrüht. Was geschieht nun mit dem Jungen?»

«Wie ich schon sagte: es ist höchst erstaunlich. Er wird zu einem Schwachkopf. Er setzt sich einfach hin, rührt sich nicht mehr vom Fleck und sieht nichts an, und am Ende der Geschichte ist seine Mutter überglücklich, weil er gelernt hat, die Gabel zu halten und einen Bissen zum Munde zu führen.»

«Wie die Linie, die von unten zu ihrem Ausgangspunkt zurückführt.»

«Daran hatte ich nicht gedacht.»

«Bitte hör auf, diese Geschichten zu lesen», sagte Peggy unter ihrem trocknenden Haar hervor. «Sie können unmöglich gut für deine Psyche sein.»

«Eben das habe ich immer zu Joey gesagt», rief meine Mutter, «und er wollte nie auf mich hören.»

«Und sieh, wie gesund meine Psyche ist!» rief ich zurück.

«Haha», sagte Peggy.

Rasch, rascher als wir erwartet, hatte meine Mutter das Mahl aufgetragen: Erbsen und gekochte, mit Petersilie bestreute Kartoffeln sowie einen gepreßten Schinken, kalt aus einer Armour-Konserve, den aufzuschneiden sie mich bat. Die Schärfe des Messers verblüffte mich. Mein Vater hatte viel Sinn für Messer und Werkzeuge gehabt und wäre vielleicht ein guter Handwerker geworden, hätte man nicht von ihm, wie von mir, erwartet, daß er sich mit Ungreifbarem befasse. Als ich jedem vorgelegt hatte, fragte meine Mutter Richard, was er einmal werden wolle.

«Wie meinen Sie das genau?»

«Möchtest du in New York leben und das tun, was Joey tut, was immer es sein mag? Ich habe es nie begriffen; er will es mir nicht erklären.»

Ich hatte es ihr oftmals erklärt. Ich arbeite für eine Firma, die für Gesellschaften Lehrgänge programmiert über solche Gegenstände wie Steuereinsparung, Expansion in Übersee, Beschaffung von Staatsaufträgen und Automation. Mein Gebiet ist die Werbung mit Barausschüttungen, das heißt ungefähr die Präsentation eines Konzern-‹Image›. Nach dem Wunsch meiner Mutter hätte ich ein Dichter werden sollen wie Wordsworth. Sie las sehr selten Verse, hatte aber einen klaren, dogmatischen Begriff von deren Wichtigkeit. Ich war trotz meines Vaters Eintreten für eine Ingenieurschule nach Harvard geschickt worden, weil dort – von Emerson bis Eliot – mehr Dichter Examen abgelegt haben als in irgendeiner anderen amerikanischen Universität. Mein Vater pflegte den vergnüglichen Scherz zu machen, ich studierte für eine Welt, in der ein wendiger Student alter Fabeln bei dieser sich ausbreitenden Woge des Überflusses bald mehr Geld verdienen könne als jeder andere, ausgenommen vielleicht einige wenige Ingenieure. Ich weiß nicht, wann ich, wenn überhaupt je, meine poetischen Bestrebungen aufgab. Ich glaube, ich heiratete Joan, weil sie mich, als ich sie mit ihrem Fahrrad durch die herbstliche Abenddämmerung des Campus fahren sah – unnahbar, behend und in sich versunken –, an das Mädchen des «Einsamen Schnitters» erinnerte und in Großaufnahme eine kühle Lucy vorzustellen schien, deren Tod mir Gelegenheit bieten würde zu singen.

«Sein Vater», sagte Peggy, «ist Akademiker.»

«Meinst du, ein Gelehrter?» Meine Mutter wartete die Antwort nicht ab, sondern fuhr mit Entschiedenheit fort: «Richard bekundet schon jetzt Gelehrtengeschmack. Er erinnert mich an mich selbst in seinem Alter, nur daß ich beständig las, weil mir die Wirklichkeit allzu quälend erschien – das ist bei dir anders, Richard, nicht wahr?»

«Weniger quälend als langweilig», sagte er.

«Nun, das wundert mich nicht», sagte meine Mutter, «wenn man in eurer klimatisierten Stadt wohnt, wo die Jahreszeiten alle gleich sind. Hier auf meiner Farm ist eine jede Woche anders, jeder Tag eine Überraschung. Neue Gesichter in den Feldern; die Vögel sagen andere Dinge, und nichts wiederholt sich. Die Natur wiederholt sich nie; diesen Augenblick hat es nie zuvor gegeben, und es wird ihn nie wieder geben.»

Sie überließ sich der Traurigkeit, und so fiel ich mir etwas ein, das in gewisser Weise ein Scherz war. Ich fragte sie: «Meinst du, Richard sollte ein Dichter werden?»

Sie sagte: «Nein, ich habe das bei einem Jungen gedacht, und ich werde nicht versuchen, mich zu wiederholen. Die Welt ist heute ganz anders. Es gibt so wenig Berufe, in denen wirklich etwas *getan* wird.»

«Ich könnte ein Selenograph werden», sagte der Junge.

«Was ist denn das?» fragte meine Mutter und bewegte die Hände vorsichtig um ihren Teller, fürchtend, man treibe seinen Spott mit ihr.

«Ein Mondforscher», erklärte Richard. «Sie werden auf dem Mond Leute brauchen, die Landkarten anfertigen können.»

«Du kannst dich auf die dunkle Seite spezialisieren», riet ich.

«Dort werden sie ein großes Teleskop aufstellen», berichtete er uns. «Wißt ihr warum?»

«Warum?» fragte Peggy nach einer Pause.

«Weil auf der uns zugekehrten Seite zuviel Erdschein ist. Erdschein», erklärte er meiner Mutter, «ist wie Mondschein, nur anders herum. Er ist blau.»

Sie antwortete nicht, und ich wußte, fühlte es auf meiner prickelnden Haut, daß sich ihr Gemüt umwölkt hatte, daß sie in unserem Abschweifen von ihrer Erde eine persönliche Beleidigung sah.

Ich fragte: «Ist es auf dieser Seite nicht zu kalt?»

«Nicht, wenn man sich eingräbt. Dreißig Meter oder so unter der Oberfläche hat der Mond eine einheitliche Temperatur von ungefähr zehn Grad Celsius.»

Meine Mutter betrachtete sein Interesse am Mond geradezu als einen Treuebruch. Sie kauerte reglos über ihrem Teller, mit kreidebleichen Nasenflügeln und erstarrtem Atem.

Peggy bemerkte ihre Absonderlichkeit und sagte, um höflich zu sein: «Meinen Sie, Richard sollte Farmer werden?»

Meine Mutter hob ihren großen Kopf. Ihre Stirn war fleckig. «Ich meine, das würde mehr Phantasie erfordern, als du ihm zu haben gestattest.»

Entsetzt warf ich ein: «Aber, ich finde, sie läßt ihn nachgerade genug Phantasie entwickeln. Er ist Amerikas jüngster M-M-Mondvermesser.» In meiner Hast stockte mir die Zunge, und ich stotterte.

Peggys Hand drückte ihr Haar fest gegen ihren kleinen Schädel. «Ich kann mir gar nicht denken, was Sie meinen.» Ihre Stimme klang flötend und schrill und unwahr – die Stimme eines Modells. Nach ihrer Scheidung war sie bisweilen als Modell bei Modevorführungen aufgetreten, doch nie als Fotomodell; ihre Figur war zu breit; und ihr knochiges Kämpfergesicht nahm sich auf dem Film unsymmetrisch aus.

«Es tut mir leid, Peggy. Du gibst dir große Mühe, aber das geben wir uns alle. Du solltest nicht eifersüchtig auf mich und diesen Jungen sein.»

«Eifersüchtig? Wie absurd.»

Meine Mutter wandte sich mir zu, als sei ich ihr Historiograph, und sagte: «Sie nimmt mir meine Enkel, sie macht mir meinen Sohn zu einem grauhaarigen Schlappschwanz, und nun möchte sie mich diesem armen, verwirrten Kind nicht einmal ein wenig Liebe zeigen lassen, die es dringend nötig hat.»

«Er empfängt eine Menge Liebe», sagte Peggy.

«Oh, ich bin überzeugt, du tust, was der Arzt dir empfiehlt. Ich meine etwas weniger Mechanisches.»

«Ich habe ihn fünf Jahre lang gesund erhalten ohne Vater.»

«Nun, warum mangelt es ihm überhaupt an einem Vater?»

«Das könnte ich Ihnen erklären, aber Sie würden doch nicht zuhören.»

Meine Mutter zuckte die Achseln. «Du wärst erstaunt über die Dinge, denen ich schon zugehört habe.» Sie war ruhig, stellte ich fest; die Wolken hatten sich verzogen; ihr Wutausbruch hatte ihr Gemüt befreit.

Mir wurde bang um Peggy, bang, sie könnte die Dinge falsch einschätzen, stolpern und fallen. In ihrer Geschwindigkeit, der Geschwindigkeit ihrer Jugend, lag allein ihre Sicherheit; dieser Streit hatte noch immer seine Oberfläche, auf der sie dahinschlittern mußte. «Was Joey und mich anlangt», sagte sie, «so bin ich die erste Frau in seinem Leben, die ihn als Mann gelten ließ.» Dies war ihr geheimer Gesang, die Rechtfertigung, mit der sie mich in die Scheidung geführt hatte.

«Mag sein», sagte meine Mutter, «wir verstehen zweierlei unter dem Begriff ‹Mann›.»

«Ganz gewiß tun wir das, wenn die Art, wie Sie Ihren Mann behandelt haben, ein Beispiel für das ist, was Sie darunter verstehen.»

Meine Mutter wandte sich mir zu und diktierte: «Die arme

Joan hatte ihre eigenen Ideen über die Art, wie ich meine Wäsche waschen sollte, aber sie erbot sich wenigstens nie, meine Ehe für mich zu revidieren.»

«Du forderst es selbst heraus, Mutter», sagte ich zornig, weil Peggy plötzlich ihre Haltung verlor und zusammenbrach. Ihre Augen verschwammen in Tränen, ihr Gesicht sank in ihre Hände; ihre Finger umklammerten blind die Schläfen, und ihr Haar fiel nach vorn wie vorhin am Kamin.

Abermals war sie bloßgestellt; abermals, wie am Abend zuvor, glitt meiner Mutter Blick über sie hin und kehrte beleidigt zu mir zurück. «Was fordere ich heraus?»

«Du forderst Rat, Mitleid. Du gebärdest dich, als hättest du einen schrecklichen Irrtum begangen. Du gibst dir den Anschein, Daddy kastriert zu haben, und wenn eine unschuldige Seele sich erbietet, dir recht zu geben, bist du verletzt.»

Richard fragte: «Was ist kastriert?» Er hatte meine unangenehme Aufgabe übernommen, bei Tisch den Spaßmacher zu spielen, seine Stimme erklingen zu lassen in der Hoffnung, sie werde einen grimmigen Rhythmus durchbrechen.

«Das, was ein Maulesel ist», erklärte ich ihm.

Meine Mutter lachte. «Er *war* wie ein Maulesel», sagte sie, und ihre aufgedunsene, gebeugte Gestalt richtete sich auf, als hätte dieses Tiergleichnis eines der letzten noch verbliebenen Rätsel ihres Lebens gelöst.

Peggy hob ihr Gesicht, das sanft und schüchtern war unter einem Tränenschleier. «Wie können Sie lachen?»

Meine Mutter sagte: «Wie kannst du weinen? Alles, was ich wissen wollte, war, warum dein Sohn nicht meinen Traktor anrühren darf.»

«Mutter, er *hat* ihn angerührt.»

«Er hat vier Vorwärtsgänge», sagte er, «und ein Pedal betätigt die Kupplung, und das andere betätigt die Welle, die die Messer des Mähers herumwirbeln läßt.»

«Peggy», sagte meine Mutter. «Ich sehe, wir werden über unsere Männer reden müssen. Aber später. Ich fürchte, wir verderben sonst Richard den Appetit.»

«Ist noch mehr von dem Sirupkuchen da?» fragte er.

«Bienenstich», sagte ich.

«Du mochtest ihn doch gestern abend nicht», sagte meine Mutter zu ihm.

Peggy schniefte und sagte: «Ich dachte, es sei Wespenstich» und schniefte abermals – eine Schauspielerin, die mit dem erzielten Effekt zufrieden ist, denn wir lachten alle und hatten sie lieb. So bildete ich mir wenigstens ein: Immer hatte ich Mühe, mir vorzustellen, jemand könnte Peggy ansehen und sie nicht lieben, was die Richtigkeit meiner Einschätzung ihrer Lage oft beeinträchtigte. Möglicherweise hätte ich sie als Mätresse behalten können, solange ihre Schönheit währte, ohne mich von Joan zu trennen. Aber ich wurde die Beute eifersüchtiger Wahnvorstellungen und meinte, die Welt sei voll entschlossener Männer, die sie, sähen sie nur ihre langen Beine, wenn sie sich mit halb entblößten Schenkeln aus einem Taxi windet, packen und für immer davonschleppen würden.

Die Luft des Hauses hatte eine Wunde davongetragen. Obschon der Regen uns noch immer lieblich umprasselte und um das Feuer versammeln hieß, das bis auf seine lautere Asche herabgebrannt war, blieb eine Distanz, die sich nicht schließen wollte, ein atmosphärisches Weh, das auf meine Ohren mit einem feinen, hohen Klang einstürmte. Das Geschlinger des Traktors war in meine Muskeln eingegangen, so daß meine Knochen mit abgestandener Bewegung umkrustet schienen, und mir war, als schwanke ich, während ich in meinem Lehnstuhl saß und einen alten, etwas trockenen Wodehouse las.

«Joey, das Feuer hat Hunger. Könntest du in den Keller laufen?»

Dies waren die ersten Worte, die meine Mutter seit dem Abendessen gesprochen hatte. Sie spülte das Geschirr, während Peggy und Richard auf dem Teppich im Wohnzimmer Pachisi spielten. Sie hatten im Schrank ein altes, verzogenes Brett gefunden und einen nicht ausreichenden Satz Spielmarken, den sie mit Knöpfen und Pennies ergänzten. Während ich las, verspürte ich den Wunsch, das Kollern der Würfel und Klicken der Marken und ihr aufgeregtes Jappen und Stöhnen zum Schweigen zu bringen; das trübsinnige Geklapper meiner Mutter in der Küche war, so schien mir, ein Monolog, auf den ich achtgeben müsse. Sie sprechen zu hören war eine Erleichterung.

Ich hatte den Keller vergessen: Kanister mit eingetrockneter Farbe, Terpentin, Äpfel, alte Marmeladentöpfe, bärtig von Spinnenkokons, dumpfig nach Erde riechende Kartoffeln in einer Lattenkiste, neben der mein verstorbener Vater Holzscheite geschichtet hatte, denen der Duft winterlicher Wälder entströmte, ein glitzernder Haufen Kohle, ein gedrungener Heizkessel, von dem Röhrenleitungen ausgingen, die sich über die Kellerdecke hin verzweigten. Einmal hatten mein Vater und ich einen höllischen Nachmittag damit zugebracht, hier unten über den nackten Erdboden schnell erstarrenden Zement auszubreiten. Ich sah zu meinem Erstaunen, daß der Boden, den wir an jenem Tag gemacht hatten, glatt und eben war und rein von allen Sickerstellen – ein unterirdischer Weiher, ein Schatzsee in einem Gewölbe.

Ich trug das Holz hinauf und legte nach. Die Hunde, alle drei, waren von meiner Mutter eingelassen worden und lagen nun in einer feuchten Masse schlafend auf dem Sofa. Ein glänzendes rundes Auge öffnete sich, als ich das Holz auf die Kaminböcke warf, und eines der Tiere schnaufte. Peggy blickte nicht von ihrem Spiel auf, aber die wieder aufflackernde Glut zeichnete die Rundungen ihrer Schenkel nach. Vor dem Essen war sie hinaufgegangen und hatte ihren Unterrock durch einen Cashmere-Sweater und eine rauchig-blaue Keilhose aus imitiertem Leinen ersetzt. Ich wischte die Borkenkrümel von meinen Händen und kehrte zu meinem Buch zurück. Eine sonderbare Heimlichkeit hatte sich unserer bemächtigt. Der Regen hatte seine Stimme gesenkt. Richard flüsterte Peggy etwas zu, das für mich im Rascheln einer von mir umgedrehten Seite unterging.

In der Küche zerschlug meine Mutter einen Teller. Um jeden Zweifel zu nehmen, daß es absichtlich geschehen war, zerschlug sie nach einer Pause bleichen, starren Schweigens noch einen.

Der Knall war matter als der erste, als sei der Teller schräg auf den Boden aufgetroffen.

Das Fellknäuel auf dem Sofa regte sich und zerfiel in drei einzelne Hunde. Der größte von ihnen sträubte sich, sprang mit gespitzten Ohren auf ein Fensterbrett und begann, einen eingebildeten Eindringling anzubellen. Der kleinste, der junge Collie-Hund, trippelte, mit dem bleichen Schwanz tief über dem Boden wedelnd und unentschlossen zwischen Furcht und Freude schwankend, in die Küche. Wir folgten dem Hund. Meine Mutter hielt in ihren Händen, an die Brust erhoben, einen dritten Porzellangegenstand, eine ovale blaue Platte, und hatte offensichtlich, nachdem sie gezögert, den richtigen Augenblick verpaßt, auch diese zu Boden zu werfen. Es war eine Platte jenes Services, von dem sie Dienstag für Dienstag im Lichtspielhaus in Olinger vor dem Kriege ein Stück erhalten hatte. Mit zusammengepreßten Augenlidern schrie sie wie in Agonie: «Was soll das Geflüster!»

Einsam auf dem abgeräumten Tisch stand eine weiße Zukkerdose, die ich einmal von San Francisco zu irgendeinem Jahrestag heimgesandt hatte. Peggy ergriff sie, fragte: «Ist das ein neues Spiel?» und ließ sie zu Boden fallen. Die Dose hüpfte hoch, ohne zu zerbrechen, streute ihren Zuckerinhalt in einem halluzinatorischen, einem Rauchkringel ähnelnden Achter in die Luft und rollte holpernd zur Wandleiste.

Ich fragte meine Mutter: «Was für ein Geflüster?»

«Ihr habt geflüstert. Ich hörte Richard flüstern.»

«Er fragte mich, warum es so still sei», sagte Peggy.

«Ja, warum *ist* es so still?»

«Das wissen Sie verdammt gut selbst», sagte Peggy. «Sie ziehen ein Gesicht und quälen Ihren Sohn.»

«Meinen Sohn? Mein Sohn quält mich. Er behauptet, ich hätte seinen Vater getötet.»

Ich sagte: «Das habe ich nie behauptet.» Das Gesicht meiner Mutter, das sich mir zuwandte, wirkte riesig, wie das schräge, geäderte Antlitz eines überspülten Felsens riesig aussieht, naß und heimgesucht unter den Wogen.

«Ich bin es leid», sagte sie, «gehaßt zu werden. Ich habe alles verloren außer der Achtung dieses Kindes, und ich möchte nicht, daß er flüstert.»

«Niemand haßt dich.»

«Nun, *ich* bin es leid», sagte Peggy, «das Ganze hier», und an der Art, wie sie sich umblickte, konnten wir sehen, daß in ihren Augen unser Haus ein Labyrinth war. «Ich denke nicht daran, Richard weiter solcher Hysterie auszusetzen. Joey, du kannst uns zurückbringen oder später nachkommen. Es tut mir leid, Mrs. Robinson, aber ich habe nicht das Gefühl, daß ich hier eine Hilfe bin, und uns wird beiden wohler sein, wenn ich gehe.»

«Es ist Nacht», sagte ich.

Sie erklärte mir: «Bleib oder komm mit, wie du willst. Ich habe fünf Jahre lang allein gelebt, und im Gegensatz zu manchen Männern fürchte ich mich nicht vor der Dunkelheit.»

«Bravo», sagte ich. *«Die Königin der Nacht.»*

«Süßer, ich packe.» Peggy ging hinauf. Der Riegel an der Treppenhaustür hakte, und sie riß ihn – breitbeinig, den Rükken gedehnt – mit Ungestüm auf.

«Sie *ist* eine Hilfe gewesen», sagte meine Mutter mit leiser Stimme. Die Hysterie war von ihr abgefallen wie eine Pose.

«Ich gehe und rede mit ihr.» Richards Stimme knarrte zwischen vorgetäuschter Tiefe und einem Kinderalt.

«Was wirst du sagen?» Ich wollte selber zu ihr gehen und war eifersüchtig. Genauer: ich wünschte mir, so klein wie er zu sein und zu ihr gehen zu können.

«Ich weiß nicht, aber ich werde mir schon etwas einfallen lassen.» Sein Lächeln entblößte die Lücke zwischen seinen Schneidezähnen. «Ich verstehe mich sehr gut darauf, sie zu beruhigen.»

«Sag ihr», rief ihm meine Mutter nach, als er die Treppe hinaufstieg, «ich hätte schon seit langem diese alten Teller fortwerfen wollen.» Zu mir gewandt fügte sie hinzu: «Mochte sie jedenfalls nie, aber sie hatten nichts gekostet. Dumm, zu was allem einen die Gier verleitet.»

«Laß uns», sagte ich, «alle Bilder von mir zerschlagen, die du hier herumstehen hast.»

«Rühr sie nicht an. Diese Bilder sind mein Sohn. Diese Bilder sind der einzige Sohn, den ich habe.»

«Du hast solch dramatische Ideen, Mutter.»

Mit einer müden Geste, die so wenig übertrieben war, daß sie meiner Mutter die Wahl ließ, darüber zu lachen oder nicht, nahm ich Schippe und Besen, die hinter dem Kühlschrank standen, und kehrte die Scherben des blauen Porzellans und die weißen Zuckerkörner zusammen. Der junge Hund versuchte zu helfen, und seine eifrige, feuchte Schnauze stieß immer wieder gegen meine Hand. Als ich mich aufrichtete, hob meine Mutter, die das Abtrocknen beendet hatte, den Kopf zur Decke und sagte: «Cupido, der mit Venus konferiert.»

Ich sagte: «Wenn Joan je vorgeschlagen hätte, zu packen, wäre ich vielleicht noch mit ihr verheiratet.»

«Ich begreife nicht, warum du mir Joans wegen Vorwürfe machst», sagte sie.

«Wessentwegen mache ich dir Vorwürfe – wegen der Eheschließung oder der Ehescheidung?»

«Wegen beider. Dein Vater war nicht anders. Die Frauen stellten die Regeln auf und gebaren die Kinder, die Frauen taten überhaupt alles. Er pflegte zu sagen, er könne sich nicht erinnern, mich gefragt zu haben, ob ich ihn heiraten wolle; es sei einfach etwas gewesen, das ich herbeigeführt hätte.»

Der Kehricht auf der Schippe rutschte klirrend in den Mülleimer, ein billiges, verbeultes Ding, das auf einer Seite mit Sträußen roter Rosen bemalt war, die ein goldenes Band zusammenhielt. Mein Vater hatte ihn von der Dekoration zu einer Schulaufführung gerettet. Wie so vieles Unnütze, was mein Vater aufhob, hatte er absurderweise überdauert. «Armer Charlie», sagte ich, «ich frage mich, ob er nun wie Richard ein kleiner Ehemann wird.»

«Armer Charlie, ja. Wie konntest du es nur tun, Joey?»

«Es schien notwendig. Charlie weiß immer noch, daß er mein Sohn ist.»

Ich hatte weiter in den Mülleimer gestarrt und in seinem Scherbeninhalt wohl nach einem Hinweis auf den Gemütszustand meines von mir verstoßenen Sohnes gesucht und war darum überrascht, als meine Mutter, die hinter mich getreten war, ihre Hand auf meinen Hinterkopf, gerade über dem Nacken, legte. «So viel Traurigkeit», sagte sie, «in einem so kleinen Kopf.»

Tritte kamen von der Treppe. Wir lösten uns schuldbewußt voneinander. Richard trat in die Küche und verkündete stolz: «Sie bleibt.»

Ich fragte ihn: «Was hast du zu ihr gesagt?»

«Ich sagte, es wäre unhöflich.»

«Du bist ein Genie. Das wäre mir nie eingefallen.»

Meine Mutter fragte ihn: «Was möchtest du zur Belohnung?»

Der Junge deutete auf mich. «Er sagt, Sie hätten Naturkundebücher, aus denen man die Namen der Pflanzen lernen kann. Könnte ich sie mir, bitte, ansehen?»

«Pflanzen. Vögel willst du nicht.»

«Ich denke, ich beginne mit Pflanzen.»

«Alles, was ich habe, soweit ich mich erinnere, ist ein alter Band Schuyler Mathews *Wilde Blumen* mit verkrumpelten Seiten. Ich habe ihn bekommen, als ich in der Grundschule war, und ich pflegte auf die Felder hinauszugehen mit einem Malkasten und zu versuchen, die Zeichnungen richtig zu kolorieren. Ich denke, der Band liegt noch irgendwo auf dem Bord, wenn ihn die Silberfische nicht unterdessen aufgefressen haben.»

«Ich bin vorsichtig damit.»

«Welche Pflanze interessiert dich besonders?»

«Oh, keine besonders. Ich dachte, ich könnte vorne anfangen und das Buch durchlesen. Ich lese schnell. Dann würde ich sie alle kennen.»

Meine Mutter lächelte und legte ihm die Hand auf den Kopf. «Ich bin sicher, daß du so nicht weit kommst», sagte sie. «Du kennst die Pflanzen erst, wenn du sie wirklich siehst, und viele von denen, die das Buch enthält, wirst du nie zu sehen bekommen, es sei denn, du wirst Botaniker. Oder Landstreicher.»

«An dem See, wo wir einmal gezeltet haben, gab es Blutauge von einem leuchtenden Rot.»

«Ich weiß nicht, was das ist», sagte meine Mutter. «Ich habe nie am Wasser gewohnt. Das Röteste, was es hier gibt, ist der Rote Wasserdost. Wir können ja einmal nachschauen, ob der Herr Verwandte hat. Mir fällt ein, daß das Buch einen Farbindex hat.»

Sie gingen ins Wohnzimmer. Ich ging hinauf zu Peggy. Die Schlafzimmer waren leer. Ich rief, und sie machte sich im Badezimmer bemerkbar. Als sie heraustrat, war sie ärgerlich, weil man sie gestört hatte. In einer Hand hielt sie einen kleinen Gegenstand, der in Toilettenpapier gewickelt war, durch das Blut sickerte. «Was tue ich hiermit?» fragte sie und runzelte die Stirn. Ihre von der Sonne geröteten Augenhöhlen und Backenknochen sahen wie geschminkt aus, wie die einer orientalischen Schauspielerin.

«Ich nehme es an mich», sagte ich, die Hand ausstreckend, «und hüte es andächtig.»

«Nein.» Sie war nicht belustigt und weigerte sich, mir in die Augen zu sehen; ihr Blick durchforschte die Ecken des Zimmers. «Nirgends ein Papierkorb?»

«Unten ist einer.»

«Deine Mutter wird es sehen.»

«Und es für einen Wodu-Zauber verwenden. Gott, es tut mir leid.»

«Was denn nun schon wieder?»

«Daß es zu dieser Szene kam.»

«Es war nicht so schlimm. Ich dachte, wir beide, sie und ich, hätten Mühe, uns das Lachen zu verkneifen.»

Ich lachte. «Ich weiß nicht, was in ihr vorgeht.»

«Das ist doch klar. Sie möchte, daß auf diese Farm ein Mann kommt, und sie meint, sie habe dich verloren.»

«Aber sie hat mich nie besessen. Mir gefiel die Farm nie.»

«Oh, sie gefällt dir schon. Sie gefällt dir genauso, wie ich dir gefalle. Sie ist etwas Großes, das man vorzeigen kann.»

Ich war gerührt, von diesem demütigen Begriff ihrer selbst, der so illusionslos war und der Wahrheit so nahe kam. «Es ist deine Schuld», sagte ich, «daß es sich lohnt, dich vorzuzeigen.» Sie ging zu unserer Kommode hinüber und legte den gebrauchten Tampax in ihr Geldtäschchen. «Du bist wahnsinnig», sagte ich.

«Bitte, laß mich vorbei. Ich gehe hinunter.»

«Zerschlag nichts.»

«Ich werde einfach tun, was du mir empfahlst. Ich werde ich selber sein.»

«Warte, Peggy. Danke, daß du nicht gegangen bist.»

«Ich hätte dich kaum hier allein gelassen.»

«Ich wäre mit dir gegangen.»

«Das hätte ich deiner Mutter nicht angetan. Warum versuchst du nicht, dich in ihre Lage zu versetzen, und betrachtest alles, was sie unternimmt, als Drohung?»

«Die Drohung gilt dir.»

Endlich sah sie mich an; mit der einen Hand strich sie ihr Haar zurück. «Warum bist du so feindselig?» Sie antwortete sich selbst: «Du wolltest, daß ich gehe.»

«Himmel, nein; verlaß mich nicht, Weib!» Mein Flehen klang komisch.

Peggy lächelte und sagte: «Das Nette an dir ist, Joey, daß du eigentlich ein Schweinehund bist.» Abweisend ging sie an mir vorüber, und das Deckenlicht am oberen Ende der Treppe traf ihre Haut. Ihre Haut, die Haut meiner Frau wird bleich, wenn sie zornig ist, sehr glatt, wenn sie liebt, und bekommt sehr schnell eine Bräune, als ob die Atome, aus denen sie besteht, mit besonderer Geschwindigkeit umherwirbelten. Ihre Unterarme sind sommersprossig und flaumig, was sie fohlenhaft überlang erscheinen läßt. Ihre Fersen sind gelb und hart von dem Reiben der modischen Schuhe; ihr Bauch ist so weiß, daß die bläulichen Gummibandabdrücke wie Marmorgeäder aussehen. Wo ihre Haut gerötete Spuren des Alters und der Abnutzung aufweist, fühle ich das Verlangen, mich vorzulehnen und mit Küssen die Last des Verschleißes von ihr zu nehmen, diese Last, die sie – wie ich mir gerne vorstelle – mir zuliebe von Geburt an getragen hat. Da gibt es einen Ton, der für mich der Ton des Lebens selbst ist, und der liegt auf ihrer Haut oder dicht darunter, wie ein zerstreutes Licht. Während sie unter der Deckenlampe dahinschritt, breitete sich von ihrer Stirn ein parabolischer Schatten aus, und ihr Profil zeichnete sich scharf auf dem weißen Verputz der äußeren Treppenhauswand ab. Ich folgte ihr hinunter.

Meine Mutter und Richard saßen auf dem Sofa neben den Hunden und beugten sich über ein verwaschenes kleines Buch mit welligen Seiten. «Prunkwinde», sagte meine Mutter gerade, «hierherum gemeinhin Ackerwinde genannt. Ein Acker voller Winden macht einen Farmer traurig. Sie zeigen ihm an, daß der Boden müde ist.»

«Hier steht convo – convolvulus.»

«Die lateinischen Namen sind wundervoll.» Sie blätterte weiter und las: «Phlox pilosa. Phlox divaricata. Phlox sublata. Manche sagen zu Phlox auch Nelke.»

«Ich wundere mich oft, warum Blumen nie grün sind. Außer um den St.-Patricks-Tag herum, wo man diese grünen Nelken hat.»

«Sie würden nicht beachtet werden. Die Bienen könnten sie nicht ausmachen zwischen den Blättern. Der ganze Sinn der Blumen ist, daß sie die Bienen anlocken. Blumen sind aus demselben Grund so leuchtend, aus dem deine Mutter solch hübsche Kleider trägt.» Mit dieser Bemerkung allein nahm sie Notiz davon, daß wir ins Zimmer getreten waren. Ich kehrte zu meinem Wodehouse zurück, und Peggy sammelte die Teile des Pachisi-Spieles auf. Das Feuer war behaglich heruntergebrannt. Der Regen hatte sich auf Dauer eingestellt. Die beiden größeren Hunde bettelten, hinausgelassen zu werden. Meine Mutter und Richard brachten sie mit einem Napf Hundefutter in den Zwinger, und als sie mit nassen Schultern aus der Dunkelheit zurückkehrten, sagte Peggy zu dem Jungen, es sei Zeit für ihn, zu Bett zu gehen. Sie bat mich, ihn hinaufzubringen, wiewohl ich an einen Abschnitt des Romans gelangt war, der von dem Raub eines preisgekrönten Schweines handelte und wirklich komisch zu werden versprach. Aber ich gehorchte.

Früher einmal hatte es Richard geniert, nackt vor mir zu stehen. Nun legte er ohne viel Umstände unter meinen Augen sein Sporthemd ab, auf dem YALE stand, die abgetretenen Turnschuhe, die er ohne Socken trug, die Khaki-Shorts, die ihm Peggy haushälterisch aus ihren eigenen abgetragenen Hosen geschneidert hatte, und seine elastische Unterhose. Die straffen Hinterbacken hatten eine perlenhafte Blässe; seine spitzigen Schultern waren nußbraun. Nackt schien er ein Faun zu sein, der von Tapeten und Lampenlicht eingefangen worden ist. Er zeigte mir an seinen Beinen und seinem Bauch, wo er zerkratzt worden war, als Grammy ihm zeigte, wo die Brombeeren hingen.

«Grammy?»

«Deine Mutter. Sie meinte, ich solle sie so nennen.»

«Gute Idee. Dein Pyjama liegt unter dem Kopfkissen.»

«Ich hätte mir das Blumenbuch zum Lesen mit heraufnehmen sollen.»

«Putz erst deine Zähne.»

«Oh, *das* vergesse ich bestimmt nicht. Das wäre eine Sünde. Mutter bekäme einen Anfall.»

«Du wirst ihr noch einmal dankbar sein. Ich habe schreckliche Zähne, und das ist sehr lästig.»

«Hast du sie dir nicht geputzt?»

«Wenn ich daran dachte. Das eigentliche Problem war, daß ich zuviel Bienenstich aß.» Ich hatte mich abgewandt, um abermals die Fotografie von Joan anzusehen. Sie schien hier eine Vigilie zu halten, mit aufgekehrtem Blick, schimmernden Armen; und man konnte sich nicht vorstellen, daß ihre Hoffnung, worauf sie sich auch richten mochte, hier in diesem alten, einsamen Farmhaus je in Erfüllung gehen werde.

«He.» Richard hatte noch immer keinen Namen für mich.

«Ja, mein Junge?» Ich war mir bewußt, daß ich ihn hofierte.

«Warum hat deine Mutter die Teller zerschlagen?»

«Sie dachte vermutlich, sie seien zu nichts mehr nütze.»

«Ach nein, nicht das. War sie wütend auf meine Mutter, weil sie den Badeanzug trug?»

Er war elf Jahre alt. Ich versuchte mich zu erinnern, wieviel ich mit elf gewußt hatte. Ungefähr in diesem Alter kam ich einmal von einer Geburtstagsgesellschaft heim, wo wir Pfänderspiele veranstaltet hatten, und mit einigem Spott war meine Mutter mir begegnet, als sei ich verführt worden, vergewaltigt – als sei der Lippenstift an meinem Mund Blut. «Ich glaube nicht, daß sie deshalb wütend sein würde. Warum sollte sie es übelnehmen, daß deine Mutter eine Blume ist?»

«Das Merkwürdige ist, daß sie beinahe von einer Biene gestochen wurde.»

«Deine Mutter?»

«Ich sagte ihr, sie solle still halten, und dann flog die Biene schließlich auch davon.»

«Du bist deiner Mutter ein guter Hüter.» Er hörte zu, vernahm aber keine Ironie. Ich fuhr fort: «Ich denke, *meine* hat deshalb das Geschirr zerschlagen, weil sie uns daran erinnern wollte, daß sie auch noch da ist. Sie hat Angst, wir könnten sie vergessen. Es ist eine Angst, die die Menschen überkommt, wenn sie alt werden wie sie.»

«Sie erscheint mir gar nicht so alt.»

«Mir schon. Ich kannte sie, als sie wie deine Mutter war.»

«In was, wie meine Mutter war?»

«Darin, daß sie jung war. Als wir noch in einem anderen Haus wohnten, in der Stadt, pflegte sie zu rennen, um den Trolley-Bus zu erwischen. Einmal blieb mir ein Segelflugzeug im Baum hängen, und sie kletterte für mich hinauf, um es herunterzuholen. Sie war sehr sportlich. Auf dem College war sie in der Hockeymannschaft.»

«Meine Mutter taugt sportlich überhaupt nichts. Meinem Vater war es unerträglich, mit ihr Tennis zu spielen.»

Es war, als läge ich im Bett, und eine große junge Frau beuge sich über mich, und ihr Haar gleite von ihren Schultern und falle vor, fülle die Luft mit einer geschwinden, fließenden Bewegung und hänge dort, gleich einem Flügel, der vom Licht umrahmt wird, hülle mich ein wie ein Zelt, und nun beuge sie sich tiefer herab, um mir den Gutenachtkuß zu geben. Hierhin führte mich der Versuch, mir meine Mutter als junge, schlanke Frau ins Gedächtnis zu rufen. Da war noch eine Ahnung von dem unbebauten Grundstück hinter meinem hohen Fenster, wo die älteren Kinder der Nachbarschaft noch immer spielten. Ich sagte zu Richard: «Jetzt wollen wir aber die Zähne putzen.»

Ich sah zu, wie er bürstete, bewunderte seine flinke Art und dachte an all die kleinen Aufgaben, deren Bewältigung einen Jungen zum Erwachsenen macht. Er spuckte ins Waschbecken, spülte seine Bürste mit hinreißender Gründlichkeit und schnitt mir dabei eine Pfefferminzgrimasse, die sich, im Scherz, zu einem Löwenknurren auswuchs. Nichts ist erstaunlicher an Kindern als ihre Art, uns – weniger aus Unkenntnis der Gefahr als dank ihrer schlichten, tierhaften Frische – den Mut zu geben, dessen wir bedürfen, um sie zu verteidigen. Das schwarze, murmelnde Fenster hinter ihm spiegelte seinen Kopf wider, als schaue dort ein haariges Ungetüm herein. Die ganze, warme, feuchte Nacht schien zur Belagerung unserer beleuchteten Position angetreten. Während ich Wache hielt, urinierte er feierlich, den Bauch vorgestreckt, um sich größere Reichweite zu verschaffen, mit seinen lang bewimperten Augen das Vermischen der Wasser andächtig verfolgend. Auch das mußte, wie ich erkannte, gemeistert werden; und ich dachte an die kleine Bank, die ich für Charlie gebaut hatte, damit er aufrecht vor der Toilette stehen könne wie ein Mann.

Ich erbot mich, Richard eine Geschichte vorzulesen. Er schien belustigt. «Es geht doch schneller, wenn ich leise für mich lese.»

«Ich weiß. Ich dachte nur, du fändest es beruhigend. Ich glaube, mir fehlen Kinder, denen ich etwas vorlesen kann.»

«Also gut. Lies mir vor. Soll ich hinuntergehen und das Blumenbuch holen?»

«Das würde sich wohl vorgelesen schrecklich anhören.»

«Da ist noch die Sammlung mit utopischen Romanen.»

«Deine Mutter meint, das sei nicht die richtige Bettlektüre.»

«Sie ist voller unnötiger Ängste.»

«Weißt du was? Laß mich dir eine Geschichte erzählen.»

«Kannst du das?»

«Ich pflegte jeden Abend eine zu erzählen. Die Kinder waren» – ich hätte beinahe «die meinen» gesagt – «kleiner; du mußt also entschuldigen, wenn ich nicht die richtige Altersstufe treffe.»

«Das macht nichts. Ich habe Gefallen an Kinderdingen.»

Ich fragte mich, ob er sich bewußt sei, daß er die Sprache der Bibel redete. Seine Mutter verwandte dann und wann das Wort ‹kennen› im – wie ich bisher dachte – veraltet biblischen Sinn. *Ich kannte, ehe ich neunzehn war, keinen Mann. Gewiß, Joey, ist es immer besser für eine Frau, sie kennt den Mann.* Ihre gedankenlose Unchristlichkeit beunruhigte mich bisweilen, und ich machte mir Vorwürfe, daß ich niemals den Mut aufgebracht hatte, Richard ein Abendgebet zu lehren, wie ich es meine eigenen Kinder gelehrt hatte. Ich schloß meine Augen und spürte, so wie ein Stern den Zug eines anderen spürt in der Blindheit des Raumes, daß auch er die seinen schloß.

«Es war einmal», begann ich, «ein Frosch im Regen. Der Regen prasselte» – ich tastete mit Hilfe meiner Sinnesvorstellung nach einem Bild – «auf seine Warzenhaut wie auf ein Dach, und er war sehr froh, solch eine wasserdichte Haut zu haben.»

«Alle Haut ist wasserdicht.»

Ich öffnete die Augen, sah, daß er mein Gesicht anstarrte mit jenem Schimmer von Unverfrorenheit oder Furcht, der mich an seinen Vater erinnerte, und mir kamen Zweifel, ob er sie je geschlossen hatte.

«Die seine», sagte ich, «fühlte sich besonders wasserdicht an, weil er so klein darinnen war.»

«Wie meinst du das? Das gibt keinen Sinn.»

«Er war wie ein kleiner König in seinem Schloß dort in seinem Körper. Wenn er Befehl gab, katapultierten ihn riesige Beine von einem Seerosenblatt zum nächsten, und auf einen weiteren Befehl hin schoß ein Armbrustpfeil an einer Schnur durch die Luft und spießte eine arme Fliege auf.» Wie oft hatte ich in der letzten Zeit nicht die Phrase «arme Joan» gehört? «Dieser Frosch», sagte ich, «hatte das Gefühl, sein Mund sei groß wie ein Schleusentor, und Augen hatte er, die wie Aussichtstürmchen ganz oben an seinem Kopf saßen, und er hatte von einem wundersamen Schatz munkeln hören, der tief in den Verliesen seiner Eingeweide aufgehäuft liege, wo er noch nie gewesen.»

«Eingeweide.» Richard lachte.

Unten begannen Peggy und meine Mutter miteinander zu reden. Ich konnte ihre Worte nicht verstehen. Ich beeilte mich, die Geschichte zum Ende zu bringen. «Nun», sagte ich, «eines Tages, als der Regen aufgehört hatte und das Laub von den Bäumen fiel und alles braun wurde, fing sich der Frosch zu langweilen an und beschloß, den wundersamen Schatz zu suchen, von dem ihm jemand, er wußte nicht wer, erzählt hatte. So stieg er eine Wendeltreppe hinab von seinem Kopf –»

Richard lachte; ich fragte mich, ob die Lücke zwischen seinen Zähnen einer Regulierung bedürfe, und kam zu dem Schluß, daß Peggy und ihr Zahnarzt schon darüber gesprochen haben würden.

«– durch die große Röhre seines Schlundes, die geschwungene Leiter seiner Rippen hinab, durch einen düsteren, gewölbten Raum, in dem seine Schritte widerhallten –»

«Das ist wie ein Gruselfilm», sagte Richard.

«Ich hoffte, es sei wie Dante», sagte ich. «Hast du von Dante gehört?»

«Er klingt französisch.»

«Dicht dabei. Weiter und weiter hinab, in immer absonderlichere und dunklere Räume, und je tiefer er hinabstieg, desto kleiner wurde er, bis er schließlich, gerade als er mit Sicherheit meinte, das Verlies, in dem der Schatz lag, erreicht zu haben, verschwand!»

In der eintretenden Stille erweiterten sich die Augen des Jungen, wie ich beobachten konnte, und zerlegten sich im Lampenlicht in die Farbschichten – körnige, strahlenförmige, zart ausgefranst wirkende –, aus denen seine braune Iris bestand. Die Stimmen der Frauen unter uns wurden lauter; ich lauschte vergeblich auf ein Lachen.

«Ist das das Ende?» fragte Richard. «Er starb?»

«Wer sagt, daß er starb? Er wurde einfach so klein, daß er sich selbst nicht mehr finden konnte. Er überwinterte.»

«Oh. Richtig. Du sagtest ja, die Blätter fielen von den Bäumen.»

«Meinst du wirklich, der Tod sei ein Verschwinden?»

«Ich weiß nicht.»

«Gut. Ich auch nicht. Jedenfalls, nach einer Weile, im Frühling, erwachte der Frosch, blickte sich um in der Dunkelheit, rannte durch die Räume nach oben, die Wendeltreppe hinauf bis zu seinen Augen, stieß die Lider auf und blickte hinaus. Und der Himmel war blau. Ende der Geschichte.»

«Mir gefällt die Idee, daß er die Lider aufstößt.»

«Danke. Nett von dir, daß du zugehört hast.»

«Wirst du mir je wieder eine Geschichte erzählen?»

«Wahrscheinlich nicht. Du bist zu alt.»

«Wie alt ist Charlie jetzt?»

«Charlie?»

«Dein richtiger Sohn.»

«Er ist jetzt sieben. Acht im Oktober.»

«Dann ist er zum Spielen nicht zu jung für mich.»

«Nein? Wir müssen etwas vereinbaren. Er wird nun bald nach New York zurückkehren.»

«Ich weiß.» Peggy hatte es ihm erzählt. Ich fühlte Peggy hinter seinem höflichen Interesse. Im Gegensatz zu ihr vermochte ich noch nicht, mir einen solch unkatastrophalen Zustand der Dinge auszumalen, in dem die Kinder miteinander spielen würden – geradezu, als sei Ehescheidung eine Art Verschwisterung.

«Soll ich dir jetzt ein Buch heraufholen, damit du noch für

dich lesen kannst? Welches – die Blumen oder die utopischen Romane?»

«Laß gut sein, ich bin ziemlich kaputt. Ich denke, ich werde einfach daliegen und dem Regen zuhören. Gestern nacht hörte ich eine Eule schreien.»

«Ich auch. Ich werde das Licht hier ausschalten, aber das im Badezimmer brennen lassen.»

«Das brauchst du nicht. Ich fürchte mich nicht im Dunkeln.»

«Ich möchte nicht, daß du aufwachst und nicht weißt, wo du bist.» Ich hatte mich vorgebeugt, um das Licht auszuschalten, und neigte mich nun tiefer hinab in der Absicht, ihm einen Kuß zu geben. Obschon das ungewöhnlich war, rechnete er gleichwohl damit und drehte in jener schroffen, gewundenen Art, die Jungen eigen ist, den Kopf herum – ob mir zu oder von mir fort, blieb in der Dunkelheit ungewiß. Meine Lippen trafen auf das von einer Falte durchzogene Stück Haut unmittelbar neben einem Mundwinkel.

«Gute Nacht, Frosch», sagte ich.

Während ich hinabstieg, den Stimmen entgegen, die mit dem Licht an Stärke zunahmen, wurde ich angerührt, eingeschlossen von einem feinen, vertrauten Dunsthauch, der sich, wie ich annahm, beim geringsten Zögern als ein Schatz des Heimwehs enthüllen würde, den die Feuchtigkeit in den Steinen, dem Verputz, dem Holz und der Geschichte des Hauses entschlüsselt hatte. Aber in Wirklichkeit war es das Gegenwärtige, das da von dem feuchten, auf der obersten Stufe liegengebliebenen Handtuch aufstieg – der scharfe Geruch von Peggys nassem Haar.

Meine Frau und meine Mutter redeten, redeten von halb neun bis zehn, und wiewohl ihre Unterhaltung – in der sich Strudel des Widerspruchs unsinnigerweise auflösten, wenn die eine oder andere aus dem Zimmer ging und mit einem frisch gefüllten Glas Wein oder einer Handvoll Brezeln oder einem schwachen Gin-Tonic zurückkehrte, oder erdrückende, spannungsgeladene Tunnel auf Plateaus nahezu idyllischer Erinnerung hinausführten, die sich dann wieder unwahrnehmlich verengten –, wiewohl diese Unterhaltung in gewisser Hinsicht Höhepunkt und Zweck unseres Kommens war, vermochte ich ihr doch nicht zuzuhören. Während sie miteinander redeten – meine Mutter halb auf dem Sofa liegend, das von Hundehaaren besät war, und Peggy im Ohrensessel vorgebeugt, von dem aus mein Großvater würdevoll amtiert hatte –, saß ich zwischen ihnen auf dem blaugestrichenen Gartenstuhl und las Wodehouse. Gelegentlich wurde ich angeredet, angerufen:

«Hattest du wirklich das Gefühl, Joey, dein Vater sei an die Wand gedrückt worden? Woher hat das Mädchen diese Idee, wenn nicht von dir?»

«Du hast mir selbst erzählt, Joey, du hättest erst mit achtzehn ausgehen dürfen.»

«Joey, stimmt es, daß Joan untreu war, oder ist das nur eine sogenannte Projektion?»

«Joey, steh mir bei! Wenn du jetzt schweigst, dann hast du mich früher angelogen.»

«Schlägt sie immer einen so patzigen Ton an, Joey, oder ist es mein Anblick, der sie in Hysterie versetzt?»

Auf den Strecken zwischen diesen hartnäckig ausgeworfenen Haken, die sich schmerzlich in meinen Kopf bohrten und mir Worte der Beschwichtigung, der Selbstverteidigung oder Ungeduld entrissen, wurde ich mir – während auf meinem Schoß einige unkomplizierte Exzentriker in einer Landschaft reinsten Grüns ihre Kapriolen drehten – einer weiterfließenden, wortreichen Unterhaltung bewußt, in deren Trübe zwei verzweifelt unbeholfene Geister aneinander vorüberglitten, einander suchten und wieder aneinander vorüberglitten; und dabei tauchten ihre Stimmen tiefer und tiefer in die Dunkelheit ein, die jede der anderen war, auf den Spuren von Schatten, die vermutlich mein Vater und ich selbst waren. Peggys Idee, die sie nun in der schrecklichen Ausgiebigkeit dieses Wortwechsels von einem Verdacht zu einer Beschuldigung ausweiten konnte, zu der detaillierten Anprangerung einer nur durch meine Hände sie berührenden Vergangenheit, war die, daß meine Mutter meinen Vater unterschätzt und zerstört habe, daß sie ihm nur unzureichend eine ‹Frau› gewesen, ihn auf eine Farm geschleppt, die in Wirklichkeit ihr gigantischer Geliebter gewesen, und auf diese Weise den Mannessinn in mir, ihrem Sohn, entstellt habe. Während ihre Worte von fern an mein Ohr drangen, dachte ich an meinen Vater, wie er gewesen, in seiner trotzigen Körperlichkeit, seiner komischen Güte – er frönte seiner Selbstverleugnung wie andere Männer ihren Lüsten –, und verschloß meinen Geist gegen ihre Stimme, der es so schmerzlich mißlang, den schlichten, unbeschreiblichen Ton dessen zu finden, was gewesen. Und meine Mutter ihrerseits preschte vor mit ihrer fabulösen Gegentheorie, deren Zentrum ich war, das einzige Kind, der geheimnisvoll Erwählte, der Dichter, der ahnungslos fortgelockt worden war von der Seite meiner idealisch-körperlosen und fügsamen Frau in die Höllensünde des Ehebruchs und die ewige Verdammnis der Vaterlosigkeit seiner Kinder. «Sieh dir seine Augen an!» rief meine Mutter in erschütterndem Ton, und ich blickte auf, bot ihnen in meinem Gesicht den Beweis, den sie beide suchten.

Vielleicht waren sie beide im Recht. Alles Mißverständnis ist als solches etwas, das die minimale Wahrheit besitzt, in zumindest einem Geist zu existieren. Wahrheit – dies hatte meine Arbeit mich gelehrt – ist nicht etwas Statisches, ein Berggipfel, dem Aussagen sich annähern wie die Kletterpartien frosterstarrter Bergsteiger. Vielmehr formt sich Wahrheit beständig aus der Verfestigung von Illusionen. In New York arbeitete ich unter Menschen, deren Irrtümer sich im nächsten Jahr jedermann zu eigen gemacht hat wie die neue Schuhmode.

Aus Furcht weigerte ich mich, meiner Frau und Mutter zuzuhören. Ihr beständiges Zertrümmern der Vergangenheit drohte mir zu zeigen, daß ich meinen Vater nie gekannt, daß ich selbst mir ein unbeschriebenes Blatt war. Ihre Unterhaltung erschien mir als ein Aufeinanderprallen von Finsternissen; doch meiner Mutter Finsternis war eine hegende, während Peggys kalt, verbohrt und metallisch war. Gewiß hatte sie, da sie meine Frau wurde, auch die Last mit übernommen, meine Mutter zu bemuttern, sich auf die Verschrobenheiten jenes umschließenden Geistes einzustellen. Ihr Zigarettenrauch beleidigte den Raum.

Der junge Hund wechselte vom Sofa zum Kaminteppich über, der einmal eine Badevorlage gewesen, und begab sich von dort, beunruhigt durch die Glut in der Nähe seiner Ohren, in die Küche unter den Eßtisch. Das Feuer verlangte nach frischem Holz. Ich ging in den Keller, wo meines Vaters Geist noch immer tätig war, und kehrte mit vollen Armen zurück. Das Feuer erwachte von neuem, und ich dachte, daß dem ungestümen Blick dieser Flammen die stolz und steif in ihrem Ohrensessel sitzende Peggy so unbeugsam im Profil wie eine Spielkarte erscheinen mußte. Meiner Mutter Reden lief neben dem eindringenden Gemurmel des Regens her, als sie Peggy antwortete. «Ich habe mich immer um Joey gesorgt. Er hatte einen unerwartet grausamen Zug. Er quälte nie Insekten, aber er folterte seine Spielsachen. Wir konnten ihn in seinem Zimmer hören, wenn er mit ihnen redete und versuchte, ihnen Geständnisse abzuringen. Sein Vater meinte, es sei dies eine Auswirkung der Kriegspropaganda. Das mochte sein. Ich dachte, der Grund hierfür sei eher der, daß ihm Schmerz etwas allzu Wirkliches war und ihn darum faszinierte. Gleich als wir auf die Farm zogen, gaben wir ihm eine junge Hündin, Mizzi mit Namen. Er pflegte sie so übel zu necken, daß sie sich im Drainagerohr unten beim Hühnerstall verkroch. Aber sie wuchs heran, und eines Tages war sie zu groß, um sich darin herumzudrehen und wieder herauszukriechen. Joey kam zu mir gerannt; ich habe nie wieder solch einen Gesichtsausdruck gesehen, und ich erinnere mich, daß ich damals dachte, er werde, was immer ihm zustoßen möge, nie Schlimmeres durchmachen. Er hatte versucht, sich mit seinen bloßen Händen zu dem verdeckten anderen Ende der Röhre vorzugraben. Als wir dann unten ankamen, hatte der Hund bereits erfaßt, daß er sich rückwärts hinausschieben müsse. Sie sind schon erstaunlich kluge Tiere. Ein Pferd hätte niemals diesen Schluß gezogen. Ich habe von Pferden gehört, die in ihrem Stall verbrannten, obwohl gleich hinter ihnen die Tür offen stand. Als ich ein kleines Mädchen war, sah ich in Alton am Markttag ein Pferd sich erdrosseln bei dem Versuch, mit einem Buggy durchzubrennen, dessen Achse gebrochen war. Nun, was mir an diesem Zwischenfall mit Mizzi nicht gefiel, das war Joeys Art, den Hund, obwohl er ihm schrecklich dankbar dafür war, daß er sich selbst gerettet hatte, jedesmal wenn er in boshafter Laune war, dort hinunterzuführen, ihm das Loch zu zeigen und vorzugeben, er wolle ihn abermals in die Röhre schieben. Ich fand das unritterlich.»

Für Peggy vermischten sich der Regen und die Stimme meiner Mutter; und im Moment, da sie sich überschnitten, nickte sie ein-, zweimal mit dem Kopf und schlief ein. Einen Augenblick später stand sie in ihrer ganzen Würde auf und sagte: «Entschuldigen Sie mich. Ich glaube, ich sollte zu Bett gehen.»

Meine Mutter sagte: «Das ist eine glänzende Idee, Peggy. Ich habe unsere Unterhaltung sehr genossen, wenn ich auch nicht sicher bin, ob ich mich verständlich gemacht habe.»

«Ich bezweifle, daß einem das je gelingt», sagte Peggy. Das Hinabtauchen in den Schlaf hatte ihr Gesicht seltsam maskenhaft werden lassen. Sie drehte sich um, lächelte schief auf mich herab und verließ das Zimmer, ohne mir Gelegenheit zu geben, sie zu begleiten.

Meine Mutter sagte, als die Schritte auf dem Fußboden über uns ins Badezimmer gewandert und verstummt waren: «Meinst du, du habest einen Irrtum begangen?»

«Einen Irrtum inwiefern?»

«Als du dich von Joan scheiden ließest und Peggy heiratetest.» Es freute mich, daß sie meine Frau so einfach beim Vornamen nannte und in eben demselben Ton, in dem sie «Joan» sagte. Sie hätte von zwei Töchtern reden können.

«Ja, ja. Ja.»

«Ja, was?» Sie lächelte entschuldigend angesichts unserer Schwierigkeit, einander zu verstehen.

«Ja, es war falsch.»

Ihre Augenbrauen hoben sich, vielleicht weil ich ihre Frage abgewandelt hatte. Ihre Worte schienen von einer anderen Gedankenlinie abzuspringen. «Die Kinder?»

«Falsch sogar, sie nicht in Betracht zu ziehen. Joan machte mich nicht glücklich, nicht eigentlich, aber sie war das, was durchzustehen meinem Leben vorbestimmt war. Indem ich sie verließ, hob ich mein Leben aus den Angeln.»

«Und das Leben anderer.»

«Es ist schwierig, sich zu bewegen, ohne das Leben anderer zu berühren.»

«Das sagte ich mir damals auch, als ich die Farm kaufte.»

Ich sagte: «Ich wußte, daß ich einen Irrtum beginge, noch ehe es zu spät war, ihn zu ändern.» Ich sprach mit einer Stimme, die – überlaut und hastig – nicht die meine zu sein schien, obschon sie aus mir hervordrang. «Aber die Sache war schon so weit gediehen, daß ich – vermutlich aus Daddys Trotz – hätte verdammt sein wollen, wenn ich zurückgewichen wäre.»

«Eher schon Daddys Neugierde.»

«Genau; ich mußte sehen, wie es sein würde.»

«Wie ist es denn?»

«Gewissermaßen wundervoll. Nur gibt es Augenblicke, da sie, Peggy, ein Abgrund zu sein scheint. Sie kann fürchterlich töricht sein.»

«Geistreich ist sie eben nicht.»

«Nicht so geistreich wie wir.»

«Nicht so geistreich wie Joan.»

«Warum mochtest du Joan nicht leiden? Am Ende bewirktest du nur, daß auch ich sie nicht mehr leiden konnte.»

«Das bildest du dir ein. Ich mochte Joan. Sie hatte Stil. Sie hatte, was man früher Ausgeglichenheit nannte. Es ist etwas sehr Seltenes. Sie erinnerte mich an Daddys Schwester, und meine Schwägerin machte mich immer etwas befangen, das war alles. Wenn ich ihr zu nahe kam, hatte ich das Gefühl, ich sei nicht überall gewaschen. Du warst es, der Joan nicht mochte.»

«Ich *kannte* sie nicht, wäre wohl richtiger.»

«Ja. In gewisser Weise zeigte dir Joan die kalte Schulter.»

«Ich liebe sie jetzt. Es ist erstaunlich, wie sehr ich sie liebe, jetzt, da sie in Kanada ist.»

«Bei Joan blieb dir noch immer Raum, ein Dichter zu sein. Und das ist es, was du eigentlich liebst: der Dichter, der du jetzt nie mehr sein wirst.»

«Dichter. Eigentlich warst du es doch, der der Dichter sein wollte.»

«Nein. Ich wollte ein Farmer sein. Mein Vater, der ein Farmer war, wollte ein Redner sein.»

Ich lachte über die Leichtigkeit, mit der sie, kurzatmig und zurückgelehnt, diese Muster spann. «Und nun», sagte ich, «bist du der Redner geworden, und ich bin der Farmer.»

Sie veränderte ihre Lage mit einem leisen Aufschrei, wie aus einem sanften Schmerz heraus. «Oh, lach nicht, Joey. Wie kannst du lachen, da du mir den Tod ins Haus gebracht hast?»

«Wieso?»

«Diese Frau. Sie ist grausam. Sie wird mich binnen Jahresfrist unterm Boden haben.»

«Meinst du?»

«Paß nur auf. Ich sah, wie meine Mutter die Großmutter Hofstetter ins Grab brachte, ohne sie auch nur mit dem Finger zu berühren. Als ich sie gestern abend so munter über den Weg trippeln sah, wußte ich, daß ich meinen eigenen Tod küßte.»

«Mutter, du bist zu egozentrisch. Sie kennt dich gar nicht. Sie *kümmert* sich gar nicht um dich und deine Farm.»

«Glaub das nicht. Sie ist aus Nebraska und hat einen Blick für ein gutes Stück Land. Sie möchte das Geld, das in diesen

Äckern steckt. Du hättest sehen sollen, wie sie auflebte, als wir über den oberen Weg gingen, wo die ersten Bauplätze liegen würden.»

Ich lachte, da ich es mir ausmalen konnte; Peggy ist eine leidenschaftliche Schaufensterbummlerin.

Meine Mutter fuhr fort: «Du verdienst vielleicht mehr als dein Vater, aber du verdienst nicht genug, um zwei Frauen zu unterhalten. Denk nicht, sie und Joan würden friedlich aus demselben Napf essen. Joey, du hast dir da ein kostspieliges Besitztum zugelegt. Diese raffinierten kleinen Iwo Jimas, oder was es sein mag, und Lord & Taylor-Hosen und durchsichtige Nachthemden, die ersteht man nicht für gute Worte.»

«Ihre Nachthemden sind nicht durchsichtig.»

«Nein? Aber ihre Augen sind es, und ich lese meines Sohnes Ruin in ihnen.»

Vielleicht war es nur, daß ich, der ich meiner Mutter Angst vor dem nahenden Tod spürte, einen eigenen großen Kummer brauchte, den ich dem ihren entgegenhalten konnte: einen Spiegel, einen Gegenwert; aber an dem, was sie sagte, schien etwas Wahres zu sein. *Ruin.* Mir gefiel es, mich versinken zu sehen, erdrückt, verloren, vergessen, ausgetilgt in den Abgründen jenes Irrtums, den meine Mutter, als nehme sie meinen Fall in ihre Mythologie auf, folgendermaßen apostrophierte:

«Du hast dir eine vulgäre Frau zum Weib genommen.»

Es stimmte.

Sie zuckte die Achseln und sagte, weniger zu mir als in das Knäuel der Wahrheit hinein, die unausgesetzter Neuordnung bedarf: «Nun, in der Bibel steht, wir alle würden unser Erbteil verschwenden. Das Verwunderliche ist nur, daß nach sechstausend Jahren überhaupt noch etwas zum Verschwenden da ist.»

«Sie *ist* töricht.» Ich hinke immer ein wenig hinter ihr her, komme immer erst dann an einen Punkt, wenn meine Mutter ihn schon wieder verlassen hat. Sie lächelte, da sie mich so aufrecht vor ihr sitzen sah, erregt wie ein Junge von meiner Erkenntnis dessen, was offenkundig ist. «Erstaunlich töricht.»

«Nun, das wußtest du vorher.»

«Nein», sagte ich. «Ich stürzte mich in sie. Ich hielt ihr alles zugute, was ich von ihr dachte. Ich wollte nicht glauben, daß etwas so Schönes weniger intelligent sein könnte als ich. Ich muß gedacht haben, sie habe sich selbst erschaffen.»

«Siehst du, du hast Gott vergessen.»

Die Leichtfertigkeit meiner Mutter trat hier am augenfälligsten hervor: ihre Religiosität wurde, wie es schien, von keinem Glauben getragen. «Tatsächlich», sagte ich und war bestrebt, mit meinen Worten eben jenen wunden Punkt zu umgehen, den ihr Vorwurf berührt hatte, «hat mich das noch nie so wenig bekümmert. Es ist, dünkt mich, ein Trost, den einem das fortgeschrittene Alter bringt. Das Problem hört auf zu existieren.» Ich wollte wohl sagen, daß ich glaubte.

Mit der kuriosen herrscherlichen Ungeduld, die wie die Behendigkeit ihrer Stimme sich an den Rändern ihrer trägen Masse und innerlichen Kraftlosigkeit angesiedelt hatte, schob sie Peggy und Gott beiseite. «Wie steht es also mit der Farm?»

«Wie soll es mit ihr stehen? Es gibt sie.»

«Soll sie verschwinden, wenn ich verschwinde?»

Ich stand irgendwie beleidigt von meinem Stuhl auf. Meine Empfindung, wenn man ihr den Namen einer Sünde geben wollte, war die der Eifersucht. «Ich glaube kaum», erklärte ich meiner Mutter, «daß du im Begriff bist zu verschwinden.» Ich war wütend über die Ruhe, mit der sie meinen Verrat an Peggy hingenommen, ihn schmarotzerhaft geschluckt hatte, reglos dasitzend und ihr Denken, ihr innerstes Denken, nicht mir zuwendend, sondern der Farm. So verabscheute ich ihren Tod.

«Er hat mich beinahe schon ereilt, Joey!» Ihre Stimme klang verzerrt, flehend und erstickt, und nach der Art, wie sie dort auf dem Sofa saß, mußte man denken, etwas drücke sie nieder, biege ihr Gesicht zurück, so daß der weiche, blasse Hals bloßliege. Die Kehle schnürte sich mir zusammen, als hätte ich meine Eltern beim geschlechtlichen Verkehr überrascht. Ich wollte fliehen, aber eine Fessel – die Höflichkeit der Entfremdung, die Gewohnheit des Kindes, auf Erlaubnis zu warten – hielt mich fest zwischen den Wänden aus Regen und Fotografien, zwischen der dunklen Küche und dem Feuer, das in Asche zusammenbrach.

Meine Mutter sah mich wachsam an. Mit einer jener entschiedenen Wendungen des Sichentziehens, mit denen sie mich am Ende stets in Sohnesdistanz hielt, setzte sie sich auf und sagte: «Ich hoffe, die Arbeit heute war nicht zuviel für dich.»

Ich sagte: «Ich fühle mich angenehm steif.»

Sie sagte: «Deine Augen haben das verquollene Aussehen, das sie zur Zeit der Goldrutenblüte stets annahmen. Ich dachte, das Leben am Meer hätte dich davon geheilt.»

Ich sagte: «Es tut mir leid, daß nicht mehr getan wurde. Wenn du es zuläßt, könnte ich wenigstens noch das kleine Feld mähen, ehe wir morgen gehen.»

Sie fragte: «Wann mußt du gehen?»

«Spätestens am frühen Abend. Montag ist ein Arbeitstag, und Richard hat Schule.»

Sie seufzte: «Wir werden sehen. Nun laß Peggy nicht länger warten.»

«Möchtest du vor mir ins Badezimmer?»

«Nein, geh nur.»

«Angenehme Träume.»

«Angenehme Träume.»

Auf der Treppe hatte der Regen eine andere Stimme, und an der obersten Stufe schien sich sein Prasseln auf der falschen Seite des Fensters verfangen zu haben und in den knisternden Zeitschriften zu stöbern, die dort seit meines Vaters Tod unberührt auf dem breiten Fenstersims gestapelt lagen. Richards Atem übersprang einen Takt, und ich blieb einen Augenblick stehen, um mich zu vergewissern, daß er schlief. Ich betrat schüchtern unser Schlafzimmer. Seine von Regen umhüllte Dunkelheit war vollkommen bis auf ein ovales Glimmen, das in dem Spiegel über der Kommode hängengeblieben war. Um nicht Gefahr zu laufen, Peggy beim Suchen nach meinem Pyjama zu wecken, kroch ich in meinen Unterhosen ins Bett.

Die Kuhle, die mich aufnahm, schien gewaltig. Mein Fuß durchwanderte heimlich einen weiten Bogen, ehe er auf Peggys stilles Fleisch traf. Sie lag auf dem Rücken. Das Fenster auf meiner Seite war einen Spalt breit geöffnet. Das Trommeln des Regens hatte sich leise verstärkt, war zu einem Klangregenbogen aufgefächert worden durch dieses Luftprisma. Kühle Luft berührte mein Gesicht, die Hand neben dem Gesicht, meine nackte Brust. Ich nieste. Der ganze Pollen und Staub der Arbeit dieses Tages kitzelte mich an der Nasenwurzel. Ich nieste abermals.

«Du meine Güte», sagte Peggy.

«Es ist die Zugluft» – ich nieste – «vom Fenster, das du geöffnet hast. Darf ich es schließen?»

«Nein.»

«Gut. Töte mich.» Mein Körper straffte sich zum nächsten Niesen, und wie um mich niederzuringen, umschlang sie meine Brust fest mit ihrem Arm. Diese winzige Alteration – ihr mich umschlingender Arm – klärte in der chemischen Verfassung, in der ich mich befand, meine Sinne, die mir hatten sinken wollen.

«So empfindlich.» Ihre Stimme war trocken. «Du hättest nie deiner Mutter Schoß verlassen sollen.»

«Es war wundervoll dort drinnen», gab ich zu. «Perfekte Zimmertemperatur.» Ihr Schweigen verleitete mich zu der Frage: «Hast du gelauscht?»

«Ich konnte nichts hören. Habt ihr mich ausgeweidet?»

«Wie kannst du so etwas sagen.»

«Ich hatte das Gefühl, ihr beiden hieltet mich für töricht. Es ist mir gleichgültig. Ich fühle mich besser.»

«Gut. Hör nicht auf, mich zu drücken.»

«Deine Beine sind wie Eis. Worüber *habt* ihr gesprochen?»

«Zumeist über die Farm. Ob ich am Sonntag mähen solle oder nicht. Blutest du noch?»

«In Strömen. Mir scheint, ich reagiere auf Regen.»

«Du armes Kind. Du brauchst ein Baby.»

«Ich hab eins. Zwei, Richard eingerechnet.»

«Dürfte ich, bitte, das Fenster schließen? Meine Mutter meint, ich bekäme eine Erkältung.»

«Wenn es sein muß. Dann ersticke ich eben.»

Ich stieg, um das Fenster zu schließen, aus dem Bett. Der leise Knall des aufstoßenden Fensterrahmens schien die Nacht in Bewegung zu setzen; hinter Schoelkopfs Hügel blitzte es, und der Donner grollte wie ein wütender Gast, den man nach allzulangem Aufenthalt an die Luft gesetzt hat. Ich stieg ins Bett zurück, das Gesicht Peggy zugekehrt. Ihre Wärme verwandelte mein Fleisch. Sie legte ihre ovale Hand auf mich. «Meine Güte», sagte sie abermals.

«Mach dir nichts daraus», sagte ich. «Es ist die dumme Natur.»

«Soll ich etwas dagegen tun?»

«Nein, Liebe. Du gibst dir allzuviel Mühe, Ehefrau zu sein. Entspanne dich. Sei du selbst.»

Gehorsam ließ ihre Hand von mir ab. Unter und über uns bellten Hunde, und dazwischen schlugen Türen.

«Da hast du also bei einem Yale-Mann gelegen», sagte ich. «Hol mich der Teufel.»

Mir graut es, von meinen Kindern zu träumen. Gleich nachdem ich sie verlassen hatte, geschah es nie. Wenn ich überhaupt in Schlaf sank, so auch ins Vergessen. Dann, als meine Trennung von Joan ihre eigenen Regeln entwickelte und zu etwas Gewohntem wurde, geschah es jede Nacht. Ich konnte nicht die Augen schließen, ohne daß Ann oder Martha mit bleichen Gesichtern vor mir auftauchten, mit verhedderten Schuhnesteln, die es aufzuknoten galt, zerbrochenem Spielzeug, das zu reparieren war, schwierigen Sätzen, die man erklären mußte, unmöglichen Rätseln, bei denen man helfen sollte. Nach meiner Hochzeit mit Peggy wurden diese Träume seltener. Der Traum in dieser Nacht war der erste seit einer Woche.

Ich mähte. Der Traktor stolperte über etwas; es war eine überwachsene Kuhle im Boden. Ich hielt an und stieg ab, fürchtend, auf zerquetschte Fasaneneier zu stoßen. Das Feld verwandelte sich unter meinen Füßen. Ich suchte mir einen Weg durch eine fremde Landschaft, die wie ein leerer Bauplatz aussah, nur von Grasbüscheln bewachsen wie ein Sumpf und schwelend wie ein Müllabladeplatz. Etwas Zusammengerolltes lag von äschernem Schmutz bedeckt vor mir. Von plötzlicher Unruhe gepackt, überwältigt von Mitleid, hob ich es auf, besah es mir und entdeckte, daß es lebte. Es war ein verkümmertes menschliches Wesen, ein buckliger Homunkulus, dessen Kopf auf die Brust gesunken war, als ducke er sich unter einem Hieb. Eine Wisperstimme sagte: «Ich bin es.» Das Gesicht unter der Schmutzkruste, wiewohl eingesunken, war mir vertraut. Wer war es? «Kennst du mich nicht, Daddy? Ich bin Charlie.» Ich drückte ihn gegen meine Brust und schwor, nie wieder mich von ihm zu trennen.

Die Stimme meiner Mutter sprach meinen Namen. Ihr Gesicht folgte, wurde größer, neigte sich herab. Sie trug ein dunkelgrünes Kleid, und ihr Haar war aufgelöst.

Ich fragte: «Gehst du zur Kirche?»

«Ich denke, ich täte gut daran», sagte sie. «Ich hatte eine schlimme Nacht.»

Es war Morgen. Ich erkannte, daß ich Charlie nicht im Arm hielt, daß er in Kanada lebte als ein gesunder, starkgliedriger Junge. Und ich gewahrte, daß meine Mutter angesichts meiner bloßen Schultern, die unter der Decke hervorschauten, denken mußte, Peggy und ich hätten nackt geschlafen, nachdem wir uns geliebt. Peggy war nicht im Bett.

«Ich hörte Hunde bellen», sagte ich und versuchte, einer Äußerung zuzustimmen, der ich nicht widersprechen konnte.

«Bei Wind klappert die Tür, die sie an der Scheune angebracht haben, als das Vordach abgebrochen wurde, und das mögen die Hunde nicht. Kommst du mit?»

«Zur Kirche?»

«Dein Vater hätte sich gefreut.»

«Wie steht es mit Peggy und Richard?»

«Richard sagt, er habe nicht den passenden Anzug mitgebracht.»

«Wieviel Uhr ist es?»

«Viertel neun. Der Gottesdienst beginnt diesen Monat um halb zehn.» Die Kirche gehörte zu einer geteilten Gemeinde. Der Pfarrer predigte jeden Sonntag zweimal, um halb zehn und um elf Uhr, in zwei Kirchen, die Meilen auseinander lagen.

«Wo ist Peggy?»

«Draußen in ihrem Büstenhalter. Ich habe sie nicht gefressen.»

«Hast du sie gefragt, ob sie mitkommt?»

«Sie sagte, sie würde mitkommen, wenn Richard sich anders besänne.»

«Wie wär's, wenn du allein gingst?»

«Ich getraue mich nicht mehr, das Auto zu fahren. Und dann: Hättest du nicht Lust, zu sehen, ob noch jemand da ist, der sich deiner erinnert?»

«Nein.»

«Die Wahrheit zu gestehen: den ganzen Sommer war ich kaum einmal dort, und ich habe ein schlechtes Gewissen deshalb.»

«Gut. Aber ich kann mich nicht anziehen, wenn du dort stehenbleibst.»

«Macht es dir nichts aus? Es ist auch gewiß das letzte dieser Art, worum ich dich bitte.» Sie hatte offenbar erwartet, daß ich mich weigern würde.

Doch ich wollte in die Kirche gehen und andere Menschen sehen, nur sehen, Menschen, die nicht mit mir in Beziehung standen außer durch die sonderbare Reverenz, die der Christenglaube dem Universum zollt. Wie vermutlich auch mein Vater, der Diakon gewesen war, hatte ich das Bedürfnis, mein Dasein vor dem Faktum ihrer Gesichter und reinen Kleider und stumm reglosen Schultern auf die Probe zu stellen, mich wiederzufinden in einer leeren Stunde. Die Gemeinde, die sich an diesem Morgen versammelte, war klein. Auf ihren angestammten Plätzen in der vordersten Bank saßen die Brüder Henry, alle drei, ein Futtermittelhändler und ein Traktorvertreter und ein Lehrer, mit ihren austauschbaren, plumpen Frauen und einigen der übriggebliebenen Kinder (Jessica, Tom Henrys älteste Tochter, war mit ihrem Mann, einem Piloten, nach Santa Fe gezogen; Morris, Willis Henrys Sohn, hatte eine Katholikin geheiratet und war konvertiert) und sogar einigen unruhigen, großäugigen Enkeln in gewaschenen Spielanzügen und gestärkten Kleidern. Hinter ihnen, zwei leere Bänke weiter, saß ein blondes, rotgesichtiges Paar, das, wie meine Mutter mir zuflüsterte, eine Schnellimbiß-Gaststätte auf dem Weg nach Galilee betrieb. Auf der anderen Seite des Ganges teilte die alte Mrs. Rouck in ihrem zeitlosen schwarzen Hut mit Metallfrüchten eine Bank mit der schlanken puertorikanischen Strohwitwe, die (wie meine Mutter mir zuflüsterte) in einem auf dem alten Gouglerplatz abgestellten Wohnwagen lebte. Sie saß aufrecht da. Ein grauer Schleier umhüllte das braune Profil, und ihre Kinder neben ihr hopsten wie Bohnen auf und ab. Ich kannte niemanden von den Männern, die die Kollekte einzogen. Sie waren ein neuer Typ in dieser Gegend: jüngere Geschäftsleute in korrekten, einreihigen Sommeranzügen, Ingenieure, Zahnärzte, Büroangestellte, die in der Stadt arbeiteten. Ich war froh, außer den Henrys und der alten Katie Rouck niemanden zu erblicken, der sich meiner erinnert hätte aus den Tagen, da ich als mürrischer Besserwisser zwischen meinen Eltern zum Gottesdienst gekommen war. Über dem Altar war früher ein trübes, vom Rauch der Trauerkerzen geschwärztes Fresko von der Auferstehung zu sehen gewesen, das ein fahrender Künstler vor einem halben Jahrhundert gemalt hatte. Christi Füße, die unter dem Saum des Gewandes hervorlugten, das sich diskret im Fluge bauschte, waren völlig entspannt gewesen. Nun hing dort ein gefälteltes rotes Dorsale hinter einem messingnen modernistischen Kreuz, dem Geschenk – wie meine Mutter mir zuflüsterte – Russell Henrys zum Gedächtnis seiner Eltern. Der Gottesdienst war mir vollkommen vertraut, obschon Jahre vergangen waren, seitdem ich an einem teilgenommen hatte. Die liturgischen Antworten kamen mir unwillkürlich auf die Lippen. Der Geistliche, gewandt und sehr jung, zehn Jahre jünger als ich, durchlief die Zeremonie mit einer näselnden, pedantisch artikulierenden Stimme und abgezirkelten Bewegungen; als er zur Kanzel hinüberschritt, zeigte sich, daß er sehr klein war, ein Umstand, der in der unbestimmten Perspektive des Altarraums verborgen geblieben war.

Als Epistel wählte er Genesis 2, 18. Die Predigt wurde volltönend vorgetragen und wirkte komisch gelehrt; sein Gesicht und die nervösen Hände erschienen blaß in dem von oben herabfallenden Kanzellicht. *Und Gott der Herr sprach: Es ist nicht gut, daß der Mensch allein sei; ich will ihm eine Gehilfin machen, die um ihn sei.* Beachtet zunächst, daß Adam eine «Gehilfin» brauchte. Im Hebräischen heißt das Wort *āzer* und bedeutet, ohne geschlechtlichen Nebensinn, «Unterstützung», «Hilfe», wie ein Lehrling sie seinem Meister leistet oder ein Arbeiter dem andern. Demnach wurden wir, Männer und Frauen, nicht, wie einige sentimentale Theologen es ausgelegt wissen möchten, hier hingestellt, um einander zu lieben, sondern um füreinander zu *arbeiten.* Arbeit ist keine Konsequenz des Sündenfalls. Als die Schöpfung noch frisch und unbefleckt war, setzte Gott Adam in den Garten Eden, «daß er ihn baute und bewahrte». Bewahrte.

Die nächsten Verse lauten: *Denn als Gott der Herr gemacht hatte von der Erde allerlei Tiere auf dem Felde und allerlei Vögel unter dem Himmel, brachte er sie zu dem Menschen, daß er sähe, wie er sie nennte; denn wie der Mensch allerlei lebendige Tiere nennen würde, so sollten sie heißen.* Zweierlei will uns merkwürdig bedünken. Einmal erschafft Gott – naiv, könnte man sagen – die Tiere vor Eva als Gehilfen, als Genossen Adams in seiner Einsamkeit! Sodann ist Adams erstes Stück Arbeit, von dem die Bibel uns berichtet, daß er diese Tiere *benennt!* Ist dies so merkwürdig? Sind nicht die stummen Kreaturen der Erde wahrhaftig unsere Genossen? Bricht nicht ein Schimmer von Gottes ursprünglicher Absicht aus dem Auge des Hundes, des Pferdes, der Färse gar, wenn sie geschlachtet wird? Betrachtete der Mensch, als er sich seine Zivilisation schuf, die Tiere nur als Lastenträger und als Nahrungs*mittel?* Waren sie ihm nicht auch Inspiration – wie der Flug der Vögel, die Majestät des Löwen? Ist nicht wirklich ein ewiger Bund respektiert und bewahrt worden? Und ist es so sonderbar, daß Adams erste Arbeit die war, seine stummen Helfer zu benennen? Ist nicht die Sprache ein Akt des Hausbestellens, ein Umfrieden von Äckern? Wir sind alle hier Farmer oder die Söhne und Töchter von Farmern, und wir wissen, wie auch noch der niedrige Regenwurm die Erde durchlüftet. Auf gleiche Weise durchdringt, durchlüftet die Sprache die unfruchtbare Dumpfheit der rohen Materie mit der Schärfe des Verstandes, des Geistes.

Ich flüsterte meiner Mutter zu: «Ich war nicht der Sohn eines Farmers.»

«Schhh. Du bist auch mein Sohn.»

Da ließ Gott der Herr einen tiefen Schlaf fallen auf den Menschen, und er schlief ein. Und er nahm seiner Rippen eine und schloß die Stätte zu mit Fleisch. Und Gott der Herr baute ein Weib aus der Rippe, die er von dem Menschen nahm, und brachte sie zu ihm. Wie manche unter euch zweifellos wissen, zog man diesen Passus heran, um den ersten Gebrauch von Äther bei Operationen zu rechtfertigen, weil man fürchtete, daß die Anästhesie als etwas Unchristliches hingestellt werde. Aber richten wir unser Augenmerk auf drei weitere Züge der Erschaffung Evas. Sie wurde *aus* Adam genommen. Sie wurde *nach* Adam gemacht. Und sie wurde gemacht, während Adam schlief. Was sagen uns diese Befunde über die heutige Situation von Mann und Frau? Erstens: ist es nicht das Problem der Frau, daß sie *aus* dem Manne genommen wurde und daß sie darum eine Untergattung, also nicht dem Manne gleich ist, nur ein Teil des Ganzen? *Sie heißt Männin, darum daß sie vom Manne genommen ist,* wie im nächsten Vers steht, und beim Schachspiel wird die Königin, obschon die Mächtigste, unter die «Mannschaft» gerechnet. Der Webster definiert Frau als «eine erwachsene weibliche Person, die sowohl von einem Manne als auch einem Kinde unterschieden ist.» Der Eindruck entsteht, daß sie, derart unterschieden, irgendwo dazwischenliegt.

Die Brüder Henry sahen einander an, und von der vordersten Bank erscholl höfliches Gelächter.

Zweitens: sie wurde *nach* dem Mann gemacht. Denkt euch Gott als einen Arbeitsmann, der hinzulernt während der Arbeit. Der Mann ist das rohere und ehrgeizigere Produkt; die Frau das feinere und brauchbarere. Sie wurde gebildet, wohlgemerkt, bald nachdem Gott «allerlei Tiere auf dem Feld und allerlei Vögel unter dem Himmel» gemacht hatte, und seine Hände, die sich noch immer in jenen Rhythmen bewegten, verliehen der Frau eine kreatürliche Wohlgestalt. Eine Rippe wird gerundet. Mit der Erschaffung der Frau wird der Mann unsicher, wohin er sich wenden soll. Mit der einen Hälfte seines Wesens wendet er sich ihr zu, seiner Rippe, gleichsam in sich hinein, in die viszerale und sehnsüchtige Wärme, in der seine Spannungen *ein*gelöst und *auf*gelöst werden. Mit seiner anderen Hälfte blickt er hinaus, zu Gott auf, die gerade Linie der Unendlichkeit entlang. Er sucht das Rätsel seines Todes zu *lösen*. Eva nicht. In gewissem Sinne kennt sie den Tod gar nicht. Ihr Name selbst, *Hava*, bedeutet «leben». Ihre Mutterschaft beantwortet konkret, was der Mann abstrakt beantworten würde. Aber als Christen wissen wir, daß es keine abstrakte Antwort gibt, daß es überhaupt keine Antwort gibt außer der der konkreten Wirklichkeit Christi.

Sein scharfgeschnittenes Gesicht wurde bleicher, als er sich ins Licht des Kanzelpultes neigte.

Und drittens: die Frau wurde gemacht, während Adam schlief. Ihrer Schönheit wird in den Augen des Mannes immer etwas Traumhaftes eignen. Jeden Tag erwachen wir wie Adam, verwirrt darüber, uns verdoppelt zu sehen – nein, nicht verdoppelt, denn die erwartungsvolle Sanftheit und anmutige Geduld stehen in sonderbarem Kontrast zu uns. Indem er seine Hand nach ihr ausstreckt, begeht Adam einen Akt des Glaubens.

Da sprach der Mensch: Das ist doch Bein von meinem Bein

und Fleisch von meinem Fleisch; man wird sie Männin heißen, darum daß sie vom Manne genommen ist. Die ursprüngliche Sprache der Genesis kennt das grammatikalische Geschlecht. Der Mann, *isch*, nennt die Frau *ischa* – bezeichnet sie demnach als einen Aspekt seiner selbst. Einen notwendigen Aspekt. Karl Barth, der große Theologe unserer freundlichen Rivalin, der Reformierten Kirche, sagt von den Frauen, sie seien, ob erfolgreich oder nicht, mit ihrem ganzen Dasein ein Aufruf zur Menschengüte. Ein Aufruf zur Menschengüte. Denn Güte, so fährt er fort, gehöre ursprünglich zu den besonderen Verpflichtungen des Menschen als Menschen. *Ursprünglich:* von Anfang an, seitdem Gott dem Erdkloß lebendigen Atem in seine Nase einblies, und «also der Mensch ward eine lebendige Seele».

So wurde die Frau, wenn ich diese Verse richtig verstehe, auf die Erde gestellt, um den Mann in seinem Werk zu unterstützen, welches das Werk Gottes ist. Sie ist weniger als der Mann und doch ihm überlegen. Indem er sie mit seinem eigenen Geschlechtsnamen kennzeichnet, begeht er einen Akt des Glaubens: «Das ist *doch* Bein von meinem Bein und Fleisch von meinem Fleisch.» Mit dieser Erklärung erkennt er in sich eine Verpflichtung zur Güte an. Er bindet sich ethisch an die Erde. Güte unterscheidet sich von Rechtlichkeit wie das Gras von den Sternen. Beide sind unendlich. Ohne wissentliches Bekenntnis zu Gott kann es keine Rechtlichkeit geben. Aber Güte bedarf keines Glaubens. Sie ist in der Natur der Schöpfung mitenthalten, in den Rundungen und der Fülle von Gottes Formgebung. Laßt uns beten.

Als ich an der Tür die matte und kühle kleine Hand des Geistlichen drückte, sagte ich ihm, ohne in seine schwarzen, kecken Augen zu blicken – sehr provinzielle Augen übrigens –, daß seine Predigt ausgezeichnet gewesen sei.

Nach mir in der Reihe erklärte ihm meine Mutter ihrerseits mit jenem leiernden Ton, in dem sie Vorbehalte anzumelden pflegte: «Es ist so ungewöhnlich, eine *junge* Predigt zu hören.»

Im Wagen fragte ich sie: «Warum erschien dir die Predigt jung?»

«Oh, ich weiß nicht», sagte sie. «Ich habe das Gerede der Männer über Frauen so satt. Frauen sind für mich einfach nicht derart interessant.»

«Ich fand, er war klug.»

«Oh, er wird seinen Weg machen. Die Gemeinde wird ihn nicht mehr lange halten. Er wird es mit vierzig zum Bischof gebracht haben, wenn seine Blicke das Schweifen lassen.»

Ich lachte. «Schweifen seine Blicke?»

«Man erzählt sich so einiges. Wir haben jetzt sehr hübsche Frauen im Kirchenchor.» Die Predigt nagte offensichtlich an ihr, denn nach einer Pause sagte sie: «Nein, Joey, mir will immer scheinen, wenn ein Mann so zu reden anfängt, dann sucht er sich für den Schmerz einer Frau zu entschuldigen.»

Ihr Ton überraschte mich, er kam so rein von innen. Meiner Mutter Stimmungsänderungen vollzogen sich in einer egozentrischen Unabhängigkeit von mir, die ich beleidigend fand. Ich wechselte das Thema. «Wissen die Henrys von meiner Scheidung?» Wir hatten nach dem Gottesdienst kurz mit ihnen gesprochen in der schattenlosen Vormittagshitze auf den rötlichen Steinen und dem harten Grund des Parkplatzes. Sie waren höflich und liebenswürdig zu mir gewesen, und ich hatte mich nach Jessica erkundigt, deren glatte Glieder und weit auseinanderstehende Augen ich einst so ungestüm bewundert hatte, daß meine ländliche Bettstatt dabei zu knarren begann. Russell, Willis und Tom redeten meine Mutter beim Vornamen an: Mary – was uns, die wir da vor dieser alten Kirche standen mit dem datierten Schlußstein und der Lunette aus buntem Glas über dem Portal, in eine Zeit versetzte, in der es mich noch gar nicht gab. Sie waren Schulkameraden gewesen. Ich fühlte, daß die Unterhaltung meine Mutter ermüdet hatte.

«O ja», sagte sie. «Man nahm hier herum viel Anteil. Wir behalten dich im Auge.» Ihre Stimme klang gespannt und schien weit vorn in ihrem Körper festgehalten zu werden.

«Es tut mir leid. War man schockiert?»

«Es braucht heutzutage allerlei, um uns zu schockieren. Letzten Winter wurde der Bürgermeister von Alton angeklagt,

Gelder von den liederlichen Häusern oben beim Messeplatz angenommen zu haben.»

Ich lachte abermals; nie hat mich jemand so zum Lachen bringen können wie meine Mutter. «Aber gleichviel möchte ich doch nicht zum Dorfskandal werden. Du mußt schließlich hier leben.»

«Oh, Joey, ich habe den Eindruck, du hältst uns alle hier für furchtbar rückständig. Sie haben Joan kennengelernt. Sie mußten sehen, daß sie nicht die Richtige für dich war.»

«War sie nicht die Richtige?» Während ich steuerte, wollte mir scheinen, als werde ich in der Schwebe gehalten; ich hatte das Gefühl, etwas versuche blind, und darum sehr zart, das gleichförmige Grau zu durchbrechen.

In der Stimme klang Ungeduld. «Selbstverständlich nicht. Die jetzige ist mehr nach deinem Stil. Die Hofstetters hatten schon immer hochnäsige Frauen.»

Das war allzu hart, ging allzu leichtfertig über meine erste, meine zarte und tiefe, meine stille, meine verinnerlichte Frau hinweg. Joan war in mir versiegelt wie eine Illusion, die abzuschwören allzu große Schmerzen bereitet, obschon sie widerlegt worden ist.

«Nun», sagte ich, «wir wollen die Hofstetters nicht enttäuschen.»

«Du weißt, was ich meine. Blut muß fließen. Du hast einen Zug deines Vaters an dir, eine Neigung, allzu gefällig zu sein. Ihr wart im Begriff, etwas sehr Zahmes zu werden, bevor ich uns auf die Farm brachte. Das ist auch der Grund, weshalb ich es tat. Und zur Zahmheit kehrtest du zurück, als du Joan heiratetest. Joan war wie Olinger. Achtbar. Rei-zend.»

Ihre hämische Betonung verletzte mich. «Nun redest du einfach. Und kommst außer Atem.»

«Nicht nur außer Atem.»

«Was ist?»

Die Pausen, die sie einlegte, hatten etwas Eigenartiges, waren wie eine ungesprochene Zusammenfassung nach einer Äußerung.

«Schau auf die Straße. Dein Beruf beispielsweise. Ich habe Joan nie verziehen, daß sie mitansehen konnte, wie du dich in diesem feilen Geschäft wegwarfst.»

«Sie empfahl mir nie, *nicht* aufzuhören.»

«Das genügte nicht. Es wäre ihre Sache gewesen, dir zu sagen, daß du aufhören sollst. Sie kam nie hinter jenen stolzen blauen Augen hervor, um dir ins Gesicht zu sehen, Joey.»

«Das ist nicht wahr.»

Aber ich fühlte, wie mein Puls raste und wie eine eigensüchtige Freude sich aus diesem erstickten Kampf erhob. Meine Mutter schrie. Es war kein volltönender Schrei, sondern ein gedehntes Winseln, wie ein Hund es ausstößt, wenn ihm die Vorderpfote gequetscht wird. Ich bog soeben von der Landstraße nach links auf unseren Weg ab, so daß ein, zwei Sekunden verstrichen, ehe ich wagte, meinen Kopf nach ihr umzudrehen. Sie war es, und sie war es nicht, die ich da sah. Ihr Gesicht, insbesondere um die Augen, war sehr geschwollen, als bemühe sie sich angestrengt, einen von innen geführten Stoß aufzufangen. Sie hielt die Arme über der Brust gekreuzt und neigte sich etwas vor, die Augenlider gesenkt. Die Flächen ihres Gesichtes spotteten gleich denen einer Wolke jeder Perspektive. Der Raum zwischen ihren Augenbrauen war feucht.

«Was soll ich tun?»

«Weiterfahren. Das hatte ich auch früher schon.»

«Das war ein fürchterlicher Laut, den du da ausgestoßen hast.»

Diese Kritik schien sie zu treffen, als sie im Begriff war, einen weiteren auszustoßen, denn ihre Lippen verkrampften sich über einem raschen, hohen Grunzen, und schweigend versank ihr Gesicht in jener schrecklichen Aufgedunsenheit, die ihre Runzeln fortwischte. «Mein Gott, Mutter!»

Nun, da die eine Woge sich gebrochen hatte, atmete sie mit noch immer geschlossenen Lidern in kurzen oberflächlichen Stößen, die ihr die Lippen öffneten, als verlange es sie, geküßt zu werden. Ich nahm meinen Fuß vom Gaspedal und wollte bremsen. Sie öffnete die Augen; sie waren erbarmungslos, ausdruckslos. «Nicht anhalten. Bring mich auf mein Land.»

«Das ist doch albern, wo du einen Arzt brauchst.»

Sie lächelte schnell. «Meine Pillen sind dort.» Sie schien zu lauschen, abzuschätzen, ob ihr Zeit bleibe für eine spielerische Entschuldigung. «Es hat zuviel Aufregung gegeben in diesen beiden Tagen. Ich führe ein so ruhiges Leben.»

Ich brachte den Wagen wieder in Fahrt. Das kleinere, noch immer struppige Feld glitt an uns vorüber. Die Fläche desjenigen, das ich gemäht hatte, kam in Sicht. Als wir am Birnbaum vorüberfuhren, schrie sie abermals auf. Es war ein lauterer, aber tieferer Ton, fast ein Stöhnen. Ich fühlte mich geschmeichelt, daß sie sich diesen Schrei gestattete, nachdem sie aus Rücksicht auf meine Unerfahrenheit die beiden ersten zu unterdrücken versucht hatte.

«Ist es das Herz?» fragte ich.

Sie antwortete: «Mehr die Arme und die Brustmuskeln. Ich denke, wenn es das Herz erreicht, werde ich nicht mehr da sein, es zu melden.» Ich fuhr über den Rasen und hielt vor der Hinterveranda. Die Hunde bellten, aber sonst schien der Ort verlassen; die Pumpe und der gespaltene Ligusterbusch hatten das Aussehen von Eindringlingen, die bei unserem Anblick zu Eis erstarrt waren.

«Kannst du gehen?»

«Ich denke schon, nur kann ich die Tür nicht öffnen.»

Ich dachte, sie meine, der Türgriff des Citroën sei ihr ungewohnt, doch ich sah, daß sie keine Anstalten machte, die Arme zu bewegen. Ich ging herum und hielt ihr die Tür auf. Sie duldete, daß ich sie berührte, meine Hand unter ihren Ellenbogen schob. Obschon ihre Füße fest auf dem Gras zu stehen schienen, verweilte sie zusammengekrümmt und zögerte, ehe sie sich von dem Halt des Wagens löste. «Die Hunde müssen ausgeführt werden», sagte sie. Sie kläfften wie wahnsinnig; vielleicht witterten sie in unserer kombinierten Erscheinung ein neues Wesen, das sich ungeheuerlich aus den ihnen vertrauten Gerüchen und Umrissen zusammensetzte. Während wir uns langsam um den Wagenkühler schoben, stieß der junge Hund den leeren Wassernapf um, und einer der größeren Hunde sprang am Gitter hoch und kratzte mit seinen Krallen über den Maschendraht.

Niemand war zu Hause. Das Frühstücksgeschirr, das vom Tisch zu räumen wir nicht mehr die Zeit gehabt hatten, schwamm in stahlgrauem Spülwasser, von dem der Schaum verschwunden war. Die lautlose elektrische Uhr, die glitzernden Geschenke, die ich von fernen Städten heimgesandt, die gedankenverlorenen Fotografien setzten ungestört ihre Unterhaltung fort. Wir waren Geister aus einer Sphäre, die sich nie mit der ihren berühren würde.

«Peggy? Peggy! Richard!»

Keine Antwort. Meine Mutter sagte: «Laß mich jetzt, Joey. Ich gehe hinauf und lege mich hin. Danke, daß du mich zur Kirche begleitet hast.»

«Schaffst du's allein?»

«Wenn nicht, wirst du mich fallen hören.»

Und dies war die Art, wie wir in unserer altmodischen gegenseitigen Achtung und der Furcht, einander zu nahe zu kommen, miteinander verkehrten. Sie ging alleine hinauf, den rechten Arm gerade soweit gehoben, um den Hut auf dem Kopf festzuhalten, während ich unten wartete, bis ich ihre Schritte über mir diagonal durch das Zimmer schlurfen hörte. Ich rief: «Geht's?»

Ihre Antwort, die ich kaum hörte, muß gewesen sein: «Nie besser.»

Ich brüllte: «Ich werde Peggy suchen!» Ich fragte mich, ob sie das als Abtrünnigkeit betrachten würde. Und doch hatte ich nur Rettung im Sinn. Daß ich selbst sie nicht retten könne, war mir plötzlich klar geworden. Während ich über den Rasen rannte, rumorte mein Magen in der mir aus der Kindheit vertrauten Überzeugung meiner eigenen Wertlosigkeit, meiner Schuld, der Überzeugung, daß die Welt eine farbenprächtige Schlußparade sei, die ich irgendwie versäumt hatte und deren Geschmetter ich zwar von ferne hören konnte, während ich durch die dunkler werdenden Straßen von Olinger stürmte, die ich aber nicht zu erreichen vermochte.

Ich wußte nicht, wohin ich mich wenden sollte. Überall schoß das Kraut empor; auf allem lastete die feindselige Trägheit des Sonntags. Die Farm erschien nicht mehr wie ein üppiger Fabelhimmel weitab von den Autostraßen, sondern wie ein wüster Ort, kaum zwölf Minuten von Alton entfernt, eine unbeaufsichtigte Leere, die Slumbewohner anzog, ein Vakuum, das Wahnsinnige und Frauenschänder in sich hineinsog. Mein Sohn – denn als solcher figurierte Richard in der geistigen Kurzschrift meiner Panik – erschien in dieser Vision als ein bemitleidenswerter Zeuge: mehr von mir bemitleidet und deutlicher in seinem hilflos großäugigen Hinschauen vorgestellt als seine Mutter, meine Frau, das eigentliche Opfer, die nackt Entstellte. Ich rannte zum Briefkasten und blickte den Weg hinab. Er war leer, und sein Verlauf zum Schoelkopfschen Briefkasten hinauf bildete ein dünnes S. Über ihm hing der rötliche Staub, den ein kürzlich darüber hingefahrenes Automobil zurückgelassen hatte. Ich wandte mich dem großen Feld zu und wollte gerade dorthin rennen, als eine Stimme hinter mir meinen Namen fand.

«Joey!»

Es war Richard, der hinter der Scheune hervortrat. Er war von der Scheunenwand verdeckt worden. Er trug seine neue Sonnenbrille, und ohne seine Augen wirkte sein Gesicht bleich und unbestimmt, wie das eines kleinen Hippie mit einem winzigen, sarkastischen Mund. Er drehte sich herum und brüllte in die Luft: «Sie sind es!»

«Wo ist deine Mutter?»

«Brombeeren pflücken.» Als wir den Weg zum Fundament des Tabakschuppens hinunterschlenderten, erzählte er mir: «Ein Wagen voller Männer fuhr vorüber, und wir duckten uns ins Gebüsch.» Der dicht verhangene Himmel lockerte sich hier und dort, so daß blasse kleine Schatten um unsere Füße tanzten.

Mit nackten Schultern, in ihrem Bikini, stand Peggy bis zu

den Hüften im Gestrüpp und langte gleichmütig nach den dicksten und besten Beeren, die dicht an dem von der Sonne zerkrümelten Verputz der alten Mauer hingen. Sie schien eine Hirschkuh meiner Gattung, die gefeit im Dickicht äst. Meinem Eindruck von ihrem in Dornen eingetauchten geliebten Körper widersprach nicht die Entdeckung, daß – wiewohl sie oberhalb der Hüfte nur diesen kleinen getüpfelten Büstenhalter trug – ihr Hinterteil in den blauen leinenartigen Keilhosen stak. In der Tat schien sie in diesem zentaurhaften Kostüm auf natürlichere, praktischere Art entschlossen, sich – mein Stadtweib, mein an Foyers und automatische Aufzüge gewöhntes Stadtweib – der Farm anheimzugeben. «Ich habe etwas sehr Dummes getan», erzählte sie mir. «Vor einer Weile fuhr ein Wagen mit einer Schar finsterer Gesellen vorüber, und ich versteckte mich, fürchte ich, in Giftsumachgestrüpp.»

«Seine Blätter stehen zu dreien beisammen und sind glänzend.»

Sie blickte hinab. «Oh, Gott, ja. Ich werde es überall an der Brust haben.»

«Du kannst wieder die gelbe Seife nehmen. Es ist ohnehin besser, du kommst jetzt ins Haus. Meine Mutter hatte einen Anfall.»

«Joey, ach. Ist es schlimm?»

«Ich kann's nicht beurteilen. Vielleicht kannst du es.»

Richard fragte: «Hast du schon die Polizei wegen des Krankenwagens angerufen?»

Ich sagte zu ihm: «Ich wüßte gar nicht, wen ich anrufen sollte. Ich habe keine Ahnung, wie man hier einen Krankenwagen bekommt.»

Peggy sagte: «Hör auf, dir Angst zu machen.» Aber während sie das sagte, spiegelte ihr unter dem aufgelösten Haar klein wirkendes Gesicht solche Besorgnis, daß es ihre Zugehörigkeit zu uns bewies. Behutsam wand sie ihren Körper aus dem Dornengerank und hielt ein halb mit Brombeeren gefülltes Sieb hoch. Richard eilte vor uns her auf den Weg; ich wußte, wie es in seinem Bauch rumorte. Da war eine Parade, die zu versäumen ihm fürchterlich gewesen wäre, zu der zurecht zu kommen ihn aber nicht minder schreckte. Peggy ging neben mir und duldete, ohne aus dem Schritt zu fallen, meine Liebkosungen, als ich, sobald uns die Scheune den Blicken vom Haus entzog, zunächst ihren feuchten Nacken berührte und dann mit meinen Fingern ihr Rückgrat hinunterfuhr bis über den Punkt hinaus, wo die Kurve ihres Hinterteils in die Gabel ihrer Hose untertauchte. Ich empfand diese lange lebendige Linie als eine Darstellung des Jammers – wie in einem jener neuen Bilder, deren Künstler bei ihrer Rückkehr von der Abstraktion zur Natur den Himmel in einem unmöglichen Erdrot wiedergeben, das unseren Augen gleichwohl als Himmel erscheint.

Peggy ging zu meiner Mutter hinauf, blieb eine Weile bei ihr, kam wieder herunter und berichtete, sie liege im Bett und scheine matt, aber freundlich. Sie habe ihre Pillen genommen und sei ins Bett gegangen, die Atembeklemmung habe nachgelassen, aber der Schmerz im Arm dehne sich über die ganze rechte Seite aus. Sie sei mit Peggy übereingekommen, daß ich den Arzt anrufen sollte, obschon er wahrscheinlich in der Kirche sei. Er war Mennonit. Peggy schickte Richard mit den Brombeeren hinauf, und ich ging zum Telefon, das auf dem Sims des Fensters zur Scheune stand. Im Telefonbuch gab es eine Viertelspalte von Graafs, aber nur einen Arzt. Sein Telefon wurde nicht abgehoben. Während ich auf die Klingelzeichen lauschte, betrachtete ich die Scheune, deren Aussehen ohne das unförmige Vordach etwas Erschreckendes hatte, und ich mußte denken, die Scheune sei wie meine Eltern, und mein Vater sei nicht mehr da. Wo das Vordach gewesen, konnte ich nun auf ein Stück Wiese blicken und auf ein Sumachgestrüpp, an dem einzelne Blätter sich vorzeitig gerötet hatten, als seien sie vergiftet. Aber es kam keine Antwort. Über mir lachte Richard, und die Stimme meiner Mutter tastete sich melodisch zu einer schmeichlerischen Beteuerung hin. Peggy, die sich das Haar aus dem Gesicht zurückstrich, richtete das Mittagbrot. Die Hunde bellten. Ich ging hinaus und nahm ihre mit Wäscheseil verlängerten Leinen vom Nagel am Verandapfosten, wo sie dicht neben dem Meßbecher hingen, aus dem wir tranken. Ich ging in den Zwinger und knipste, während die Tiere mich umsprangen und jappten, die Leinen an ihre Halsbänder. Der junge Hund durfte frei laufen. Die beiden größeren Hunde zerrten mich, die Schnauze am Boden und die Ohren angelegt, durch den Obstgarten. Ihr Schulterfell sträubte sich flaumig vor Freude, daß sie hinaus durften, und wenn sie zu fest an ihren Halsbändern zerrten, mußten sie hecheln und keuchen. Meine Hand, die von dem Seil umwickelt war, brannte unter seinem Druck. An der Sonnenblumenreihe fingen sie eine Witterung auf und zerrten so ungestüm, daß ich rennen mußte. Im Garten wurden die am Boden sich hinbreitenden dunklen Blätter der Erdbeerreihen vom höheren Kraut des Schwalbenwurz, der Klette und des Wegerich erdrückt. Die Erde, die Peggy gehackt hatte, war blaß geworden und hatte wieder eine Kruste gebildet. Die zerrenden Hunde – aufgeregte Muskelbündel – schleppten mich über den Weg nach jener betörend neuen Welt bloßgelegter Fährten und Höhlen hin – dem Feld, das ich gemäht hatte.

Trocknende Streifen matten Grases zeichneten das Muster nach, das ich verfolgt hatte. Das Stoppelfeld war reichlich mit Blumen gesprenkelt, die dem Mäher entgangen oder seit gestern neu geboren waren; *Blumen,* dachte ich, *die erste Werbung,* und überlegte, wie ich diesen Gedanken bei meiner Arbeit verwenden könnte. Der junge Hund scheuchte einen Schmetterling auf, was zwei aus diesem werden ließ, ihn selbst und seinen Schatten.

Unsere eigenen Schatten waren von mittäglicher Kleinheit. Die zu formlosen Klumpen ausgebrannten trüben Wolken hielten sich mit der Beharrlichkeit eines Mauerbogens in der Luft und wirkten wie ein zerschlagener Aufmarschplan, wie verstört verebbendes Leben. Ich wollte umkehren und fürchtete, die Hunde würden mich bis ans Ende der Farm schleppen. Doch als ich sie eben über der Kuppe des großen Feldes, von wo aus man im Winter die silberne Spitze des Gerichtsgebäudes von Alton erspähen kann, zum Stehen brachte, wandten sie sich gehorsam um und brachten mich, als hätten sie die Witterung der heimwärtsführenden Etappe ihres gewohnten Spazierganges mit meiner Mutter dort aufgefangen, an der Sumach- und Ailanthushecke hin und den unteren Rand des Feldes entlang zum Fundament des Tabakschuppens und von dort quer über den Weg in unseren Hof. Fröhlich umherspringend und scheinbar Widerstand leistend, ergaben sie sich schließlich darein, wieder in den Zwinger zu müssen. Die Fellkrausen um ihre Hinterbeine waren beladen mit Kletten und den kleinen grünen Samen, die wie abgerundete Pfeilspitzen aussehen. Ich blickte an mir hinab und sah, daß sich die Natur auch meiner bedient hatte. Die Umschläge meiner Hosen waren gleichfalls zu Samenträgern geworden.

Im Haus war Richard beim Lesen, und Peggy wärmte, nachdem sie Wurstbrote gerichtet hatte, eine Pilzsuppe. Der Tisch war für drei gedeckt. «Wie geht es ihr?»

Richard sagte: «Sie meint, die Brombeeren seien sehr gut und sie wolle kein Mittagessen.» Das Buch, das er las, war mein Wodehouse.

Peggy fragte: «Möchtest du vor dem Essen noch einmal versuchen, den Arzt anzurufen?»

«Bist du sicher, daß sie den Arzt möchte?»

«Sie hat es gesagt. Warum sollte sie nicht?»

«Es sieht ihr nicht ähnlich.»

Peggys Augen, die auf die Milch gerichtet waren, die sie gerade eingoß, hoben sich. Sie waren dunkel. Ich dachte an die unerwartete Bemerkung meiner Mutter über die Männer, die die Schuld am Schmerz der Frauen von sich schieben. «Geh doch hinauf und frag sie», sagte Peggy.

Während ich, noch immer in meinem Sonntagsanzug, die Treppe hinaufstieg, fühlte ich in der Seitentasche meines Jacketts etwas Steifes und zog das zusammengefaltete Gottesdienstprogramm heraus. Mein Vater hatte die Gewohnheit gehabt, das Programm lieber zusammenzufalten und in seine Tasche zu stecken, als es fortzuwerfen. Es hatte ihm widerstrebt, irgend etwas fortzuwerfen – eine schwächliche Zärtlichkeit den Dingen gegenüber, die mich als Junge erbost hatte. Ich legte das veraltete Programm auf den Stapel Zeitschriften, der noch immer seiner Verwendung dort auf dem Fensterbrett an der obersten Treppenstufe harrte.

«Mutter?»

Sie schlief, hochgebettet auf zwei Kissen, und ihr einer Arm lag nackt auf der Bettdecke. Von oben gesehen wirkte ihr Haar völlig weiß, und ihre Hand, die mit der nach oben gekehrten Handfläche neben dem Sieb mit Brombeeren lag – Peggy hatte viele allzu grün gepflückt –, hatte die lose geballte Ungeschlachtheit einer Kinderhand. Der Schlaf vertiefte die Linien, die von den Nasenflügeln zu den Mundwinkeln liefen, und hatte weitere parallele Seitenlinien dort durch das Fleisch ihrer Wangen gezogen, wo früher keine Runzeln gewesen waren. Ich sah sie nun als eine alte Frau. Vorher war sie mir immer als eine plumpere Ausführung der behenden jungen Mutter erschienen, die meinen Vater beim Lauf von der Scheune zum Haus hinter sich gelassen hatte. Ich hatte diese Frau in ihr gespürt, gespürt auch, daß sie sich strafend mir entzog. Im Schlaf war meine Mutter meinem wiedererkennenden Blick, meinen Vorwürfen entglitten und unbewußt in ein fernes Land, die Arktis des Alters, hinübergewechselt. Die Unterseite ihres merkwürdig glatten Armes wirkte silbrig in dem Licht, das vom Fenster her Gold aus den vergilbenden Blättern der in Töpfen auf dem Fensterbrett stehenden Geranien gesogen hatte. Ich stellte fest, daß meine Mutter diese Pflanzen gegossen und «gehegt» haben mußte hier in diesem Raum, wo sie, wie sie sagte, nie mehr schlief, und ich fühlte, wie rings um mich her überall auf der Farm tausenderlei derart Gehegtes im Begriff war, mit ihr in den Erdboden zu sinken. Der Tod erschien als etwas Untergeordnetes, ein Mangel, der beim Kauf dieser Äcker übersehen worden war, ein leicht zu vernachlässigender Defekt, der Riesengröße angenommen hatte. Sie ließ einen ruhigen, schnarchenden Laut hören; ihre matte Hand rührte sich; ich entfernte das zu einem Viertel volle Sieb, das umzukippen drohte. Ich beugte mich über die Gestalt meiner Mutter, wie ich mich früher einmal am Strand prüfend über die zittrige Linie gebeugt hatte, die meine Kinder um meinen Körper gezogen hatten, als ich im Sand ausgestreckt gelegen. Meine Figur war mir auf groteske Weise klein erschienen, so aller Lebensvibration entleert.

Ich ging in unser Schlafzimmer und zog mich um. Unten fragte Peggy, als sie mich wieder in den Drillichhosen meines Vaters erblickte: «Willst du jetzt mähen?»

«Ich kann nicht. Es ist Sonntag.»

«Fahren wir heute zurück, oder was ist?»

«Ich weiß nicht, ob wir können.»

«*Bitte*, ruf den Arzt an.»

«Ich habe Angst.»

«Sei kein Baby.»

Diesmal hob jemand den Hörer ab; Doktor Graafs Frau. Nach ihrem Ton zu schließen, war sie vom Sonntagseßtisch fortgeholt worden. Sie rief meine Neuigkeit in das benachbarte Zimmer und übermittelte mir die Antwort des Doktors. Er werde um halb drei Uhr herüberkommen. Bis dahin solle ich meine Mutter schlafen lassen.

Wir aßen zu Mittag. Richard fragte, wann wir heimfahren würden.

«Möchtest du nach Hause? Ich dachte, es gefalle dir auf der Farm.»

«Es gibt hier nichts zu tun.»

«Meine Mutter wäre sehr traurig, wenn sie das hörte.»

«Sie hat es gehört. Ich habe es ihr gesagt, und sie gab mir recht. Sie sagte, es gefalle ihr hier darum so sehr, weil sie nie eine Schafferin war.»

«Wir können nicht nach Hause fahren, solange wir nicht wissen, wie krank sie ist. Vielleicht werde ich dich und deine Mutter allein heimschicken müssen.» Das Herz weitete sich mir im Vorgefühl bis an die Ränder, die Ecken und Grenzsteine der Farm; bald würde es Herbst sein, der Himmel klar, die Bäume würden durchsichtig werden, die Sterne nachts auf der Erde lasten. Überall Astern. Der erste Frost.

Peggy sagte: «Ich denke, sie wird eine gelernte Krankenschwester brauchen, die bei ihr bleibt.»

Ich sagte: «Vielleicht könnten wir Joan bitten, herzukommen. Sie braucht Arbeit. Ich könnte ihr die Alimente dann als Gehalt zahlen.»

«Soll das ein Witz sein?»

«Weißt du denn, was eine gelernte Krankenschwester *kostet?»*

«Sehr viel weniger, als *ich* koste, heißt das wohl?»

«Verdammt viel weniger. Aber das ist immer noch eine Menge.»

Richard sagte: «Wir könnten sie jeden Abend zu einer bestimmten Zeit anrufen und sehen, ob sie wohlauf ist.»

Ich sagte zu ihm: «Vielleicht legen wir uns ein eigenes Fernsehsystem zu, damit wir sie jederzeit beobachten können, wenn wir auf den Knopf drücken.»

«Ich habe irgendwo gelesen, solche Systeme gebe es schon in den Säuglingsstationen der Krankenhäuser.»

«Entschuldige. Wieder einmal hinter der Zeit zurück.»

Peggy sagte: «Hack nicht auf Richard herum. Du kannst deine schlechte Laune an mir auslassen, aber nicht an ihm.»

«Ach? Ich dachte, wir wären rechtlich alle eins. Du und ich und Richard und Dekan McCabe und dreißig andere nicht weiter identifizierte Herren.»

Sie langte über den Tisch und versuchte, mich zu ohrfeigen; ich faßte ihr Handgelenk in der Luft und drehte es herum, so daß sie sich wieder setzen mußte. Aber das Schauspiel dieser Handgreiflichkeit, das Richard mit großen Augen in sich aufnahm, schlug ihr widersinnigerweise zum Vorteil aus. Wiewohl ich für eine Sekunde die Oberhand gewann, flutete ihre schiere Rechthaberei alsbald über mich hin, umstrudelte, unterspülte mich. Während sie die Hand, der ich weh getan, mit der anderen festhielt, verkündete sie: «Eins möchte ich klarstellen, Joey. Wirf mir nicht wieder auf diese Weise Joan an den Kopf. Du hast deine Wahl getroffen. Ich hatte keine Macht über dich und versuchte, aufrichtig gegen dich zu sein, und du hast deine Wahl allein getroffen. Wenn du mir irgend etwas Konstruktives zu sagen hast, dann tu's; aber necke mich nicht, wie du deinen Hund geneckt hast. Zeig mir nicht in einem fort das Loch. Wenn ich Opfer bringen soll, damit deine Mutter anständig gepflegt wird, bringe ich sie selbstverständlich; aber ich bin nicht Joan, und das haben wir alle damals gewußt, und ich denke nicht daran, es zu bedauern.»

Ich versuchte, mich zu entschuldigen, denn ich wußte, daß sie nur aus Zufall zwischen mich und meine gegenwärtige Vision der Farm getreten war, meiner Farm, im Herbst, in der Wärme ihres Laubes, der Weite ihrer Felder und der freundlichen Unendlichkeit ihrer Zweige. Ich sagte: «Sei nicht töricht. Du bist fabelhaft.» Aber meine Unfähigkeit, sie und die Farm in einem zu sehen, erschien mir als ein Versagen ihrerseits, eine Starre, der ich in mißgünstigem Schweigen mit meinen Gedanken nachhing, bis pünktlich um halb drei Uhr der Arzt kam, der nach antiseptischer Seife und Sauerkraut roch.

Als der Arzt fort war, gingen wir hinauf. Richard und Peggy hielten sich zurück, während ich dichter an das Bett herantrat. Es war nach drei Uhr, und ich konnte fühlen, wie sich der Sonntagabendverkehr auf der Autobahn formierte. Meine Mutter lag hochgebettet, und ihr graues Haar wirkte dunkel gegen das weiße Kopfkissen. Sie schien schmäler; ihre Haut hatte das papierene Aussehen eines, der soeben aufgeweckt wurde, und ihre leicht gekräuselten Lippen schienen belustigt. «Was hat er *dir* gesagt?»

«Er hat gemeint, wir sollten daran denken, dich ins Krankenhaus zu bringen.»

«Für wie lange?»

«Bis die Wahrscheinlichkeit dieser Anfälle nachläßt.»

«Warum sollte die Wahrscheinlichkeit nachlassen? Warum will er mich nicht hier sterben lassen, wo ich hingehöre? Meine Eltern starben hier, mein Mann starb hier, ich möchte *hier* sterben. Das scheint wahrhaftig nicht zuviel verlangt von diesen Medizin-Geiern. Ich gehe nicht von meinem Land fort.»

«Es handelt sich nicht um dein Sterben. Es handelt sich um deine Bequemlichkeit und die Besserung deines Befindens.»

«Du weißt doch Bescheid.» Sie sah mich an; ihre Augen waren sehr klar. Sie hatte einfach aufgehört, sich etwas anderes zu erbitten als die Wahrheit. Mit meinen fünfunddreißig Jahren fühlte ich mich noch immer zu jung, um in diesem Element zu leben. Sich auf mich einstellend oder in alte Gewohnheiten verfallend, begann sie, Possen zu reißen, zu übertreiben. «Der Geist in mir will hinaus. Ich fühle, wie er drängt.»

Ich ging auf ihren Ton ein. «Weißt du», sagte ich, «du darfst nicht bloß an dich denken. Vergiß nicht, wie ich dastehe. Nach der Art zu urteilen, wie mir Doktor Graaf zum Abschied die Hand schüttelte, bezweifle ich, daß er mich für einen guten Sohn hält.»

«Oh», sagte sie, «die Hofstetters waren nie gut angeschrieben in dieser Ortschaft. Es ist zu spät, sich jetzt noch wegen der Nachbarn zu beunruhigen. Wir sind für sie immer Spitzbuben und Wortverdreher gewesen. Deinen Vater mochten sie, weil er von auswärts kam und ihnen ein Gefühl der Überlegenheit gab; aber du und ich – uns war nicht zu helfen, Joey.»

«Bitte denke nicht, das Geld spiele eine Rolle.» Hieran konnte sie sehen, daß ich sie gewähren lassen würde, und erkennen, daß ich ihr dankbar war für ihr Beharren auf dem, was ich selbst nicht vorzuschlagen vermochte.

Ungeduldig hob sich ihr Arm. «Wann hat das Geld keine Rolle gespielt? Selbstverständlich spielt es eine Rolle. Nicht wahr, Peggy?»

Peggy trat einen Schritt vor. «Wäre es Ihnen lieb, wenn wir blieben?»

«Danke, Peggy. Nein. Ich möchte, daß ihr geht. Ich möchte, daß ihr alle nach New York zurückkehrt, wo ihr hingehört. Ihr habt eure Schuldigkeit getan, alle drei, und ihr habt diese alte Frau sehr glücklich gemacht; und es ist nicht euch zuzuschreiben, daß ihre Arterien so viel Glück nicht mehr vertragen.»

Peggy sagte: «Aber wir können Sie doch nicht hilflos im Bett zurücklassen.»

«Wer sagt denn, daß ich hilflos sei? Ich werde aufstehen, wenn ich muß. Die Schoelkopfs behalten meinen Schornstein im Auge. Wenn kein Rauch aufsteigt, kommen sie herüber. Die Hunde werden bellen. Gibt es nicht das Sprichwort, man liege dort am besten, wo man sich selber bette?» Sie klopfte auf ihre Decke. «Wenn je eine Frau sich selber gebettet hat, so bin ich es.» In ihrem leisen Lachen schwang die Eitelkeit mit, die sie in jungen Jahren besessen und die sich schon zur Zeit meiner frühesten Erinnerung an sie zu Stolz verhärtet hatte.

Sie sah Richard an. «Willst du wiederkommen, Richard?»

Ohne zu lächeln, nickte er. Seine braunen Augen hatten einen faszinierten und verlegenen, hellen Blick.

«Nächstes Mal», versprach sie, «werde ich bestrebt sein, mich nicht zwischen dich und deine Mutter zu drängen. Das ist ungezogen von so einer alten Hexe.»

«Wir könnten warten, bis es dunkel ist», sagte ich unvermittelt, fast schreiend, denn meine Nerven waren bis zum Äußersten gespannt und zerrten mich zur Stadt zurück, fort von dieser Krankheit, dieser abgründigen Resignation.

Meiner Mutter eckige Hand, kurzfingrig und verbraucht wie die eines Mannes, schob das Anerbieten als indiskutabel beiseite. «Mach dir keine Gedanken wegen des Mähens, Joey», sagte sie. «Sammy kann irgendwann den Rest besorgen. Du hast die Hauptarbeit geleistet.» Sie drehte den Kopf herum und sagte: «Er ist ein guter Junge, und ich war immer versucht, ihn zu überanstrengen.»

«Er *ist* ein guter Junge.» Und während sie dies wiederholte, grinste Peggy mit Bedacht, grinste mich an wie in meinem Traum oder wie sie gegrinst hatte, als wir uns zum ersten Mal begegneten auf jener Gesellschaft in einer Wohnung, deren große abstrakt expressionistische Bilder Fenster zu sein schienen, durch die man auf ein Massaker blickt. Ich fühlte mich verloren dort – träge, unbeachtet; mein Leben schien vertan. Sie hatte dagestanden und sich mit Joan unterhalten. Als ich auf sie zutrat, hatten sich beide Frauen, Joan in Blau und Peggy in Maisgelb, nach mir umgewandt, und als Joan vorstellte: *Dies ist mein Mann,* hatte sich Peggys Hand männlich der meinen entgegengestreckt, und dabei hatte sie erstaunlich breit und wie ungläubig gegrinst.

«Das ist das rechte Lächeln», sagte meine Mutter. «Peggy. Nächstes Mal, wenn du kommst, sofern du es hier aushältst und ich noch lebe, möchte ich, daß du dich für mich fotografieren läßt.»

New York, die Stadt, die immer ihre eigene Fotografie ist, das lebende Erinnerungsstück meiner kindischen Fluchtträume, rief mich, drängte mich fort, in den Wagen, den Weg hinab, über die Landstraße, auf die Autobahn. Ich schämte mich dieses Verlangens und fühlte mich doch in ihm bestätigt. Meine Mutter wandte sich mir noch einmal zu; ihre Augen waren jung von Tränen und nicht ganz frei von einem Flehen.

«Joey», sagte sie, «wenn du meine Farm verkaufst, dann verkauf sie nicht zu billig. Hol einen guten Preis heraus.»

Wir waren im Begriff, handelseinig zu werden, und da galt es, auf der Hut zu sein. Ich mußte in unserer alten Sprache antworten, unserer einzigen Sprache, unserer beziehungsreichen und spöttischen Sprache, die mit verschwörerischem Taktgefühl nichts verriet und die Vergangenheit anscheinend unverändert ließ.

«*Deine* Farm?» antwortete ich. «Ich habe sie immer als unsere Farm betrachtet.»

John Updike

Der Sonntagsmonat
Roman
Deutsch von Kurt Heinrich Hansen.
210 Seiten. Gebunden und als
rororo 4676

Heirate mich
Eine Romanze
Deutsch von Angela Praesent.
300 Seiten. Gebunden und als
rororo 4982

Der Coup
Roman
Deutsch von Jürgen Abel.
320 Seiten. Gebunden und als
rororo 5667

Der weite Weg zu zweit
Szenen einer Liebe
Deutsch von Maria Carlsson, Inge
Friederich, Karin Polz, Susanna Rademacher und Hermann Stiehl.
240 Seiten. Gebunden und als
rororo 5777

Bessere Verhältnisse
Roman
Deutsch von Barbara Henninges.
544 Seiten. Gebunden

Die Hexen von Eastwick
Roman
Deutsch von Maria Carlsson,
Uwe Friesel und Monica Michieli.
352 Seiten. Gebunden und als
rororo 12366

John Updike

Werben um die eigene Frau
Gesammelte Erzählungen.
Deutsch von Maria Carlsson,
Susanna Rademacher und Hermann Stiehl.
319 Seiten. Gebunden

Der verwaiste Swimmingpool
Erzählungen
Deutsch von Uwe Friesel, Monika Michieli,
Hans Wollschläger und Dieter E. Zimmer.
304 Seiten. Gebunden

Amerikaner und andere Menschen
Essays. rororo 5850

Gedichte
Deutsch von Heinrich Maria Ledig-Rowohlt.
Mit einem Vorwort von John Updike
144 Seiten. Gebunden

Das Gottesprogramm
Rogers Version.
Roman
Deutsch von Thomas Piltz
360 Seiten. Gebunden

Christian Brückner liest John Updike
Der verwaiste Swimmingpool
Der verwaiste Swimmingpool, Wie man
Amerika gleichzeitig liebt und verläßt
1er Cassette (90 Minuten) 66004

rororo

C 740/13 b

Literatur für Kopf Hörer

«Es ist eines, ein Buch zu lesen. Es ist ein neues und recht andersartiges Erlebnis, es von einem verständigen Interpreten mit angenehmer Stimme vorgelesen zu bekommen.»
Rudolf Walter Leonhardt, DIE ZEIT

Erika Pluhar liest Simone de Beauvoir
Eine gebrochene Frau
2 Tonbandcassetten im Schuber
(66012)

Bruno Ganz liest Albert Camus
Der Fall
Deutsch von Guido Meister.
3 Tonbandcassetten im Schuber
(66000)

Elisabeth Trissenaar liest
Louise Erdrich
Liebeszauber
2 Tonbandcassetten im Schuber
(66013)

Erika Pluhar liest Elfriede Jelinek
Oh Wildnis, oh Schutz vor ihr
Keine Geschichte zum Erzählen
1 Tonbandcassette im Schuber
(66002)

Hans Michael Rehberg liest
Henry Miller
Lachen, Liebe, Nächte
Astrologisches Frikassee
2 Tonbandcassetten im Schuber
(66010)

Produziert von Bernd Liebner

Eine Auswahl

Rowohlt Cassetten

C 2321/3